D1474974

TEXTES LITTÉRAIRES

Collection dirigée par Keith Cameron

CVIII

HISTOIRE DE LOUIS ANNIABA

HISTOIRE

DE
LOUIS ANNIABA
ROI D'ESSENIE

EN AFRIQUE

SUR LA

CÔTE DE GUINÉE.

PREMIERE PARTIE.

Aliquid novi fert Africa quod non est Monstrum.

A PARIS,
Aux Dépens de la Société.

M. DCC. XL.

Page de titre de l'édition originale, 1740

ANONYME

HISTOIRE DE LOUIS ANNIABA
ROI D'ESSENIE EN AFRIQUE
SUR LA CÔTE DE GUINÉE

Présentation

de

Roger Little

UNIVERSITY
of
EXETER
PRESS

REMERCIEMENTS

Nous avons plaisir à remercier tous ceux qui, de près ou de loin, ont aidé les recherches qui ont abouti au présent ouvrage, et en premier lieu les rares chercheurs qui, avant moi, se sont penchés sur le personnage d'Anniaba et sur ce texte. Le premier, objet d'appréciations contradictoires, n'a pas su sauver le second d'un oubli presque total. C'est parce que, dans une conjoncture où le Noir commence à jouir enfin du droit de cité dans un monde encore dominé par les valeurs des Blancs, nous croyons ce silence injuste et regrettable, que nous avons préparé cette réédition. Le personnel des bibliothèques de l'Arsenal, de l'École Normale Supérieure, Nationale de France, de l'Université Cheikh Anta Diop, à Dakar, et de Trinity College, Dublin, nous ont fourni une aide précieuse. Nous remercions également le professeur David Williams, qui a bien voulu lire et commenter favorablement notre travail tout en y apportant quelques nuances que lui proposait son érudition de dix-huitiémiste attitré. Quant à mon épouse, Patricia, les mots ne suffisent pas pour lui dire tout ce que, affectivement et intellectuellement, je lui dois.

R. L.

First published in 2000 by
University of Exeter Press
Reed Hall
Streatham Drive
Exeter EX4 4QR
UK

British Library Cataloguing in Publication Data
A catalogue record of this book is available
from the British Library

ISSN 0309 6998
ISBN 0 85989 670 6

Typeset by Airelle
Printed in the UK
by Short Run Press Ltd, Exeter

HISTOIRE DE LOUIS ANNIABA

INTRODUCTION

par Roger Little

INTRODUCTION

L'intérêt d'une réédition, après plus de deux siècles et demi, du roman anonyme *Histoire de Louis Anniaba* est surtout historique en ce sens qu'il fait date. D'une part, la représentation du Noir dans la littérature connaît un regain de faveur correspondant au rééquilibrage socio-culturel qui s'effectue dans un monde qui, peu sûr de lui-même au seuil d'un nouveau millénaire, remet en question ses valeurs traditionnelles. Il est donc important de pouvoir relire le premier roman français dont le héros est un Noir. D'autre part, la présentation d'une héroïne d'une trempe exceptionnelle qui, à travers des rebondissements narratifs et des moments de suspense qui retiennent toujours l'attention, n'est pas non plus sans intérêt à une époque où l'on porte un regard nouveau sur les personnages féminins du passé. Malgré ses fantaisies et ses inexactitudes, ce roman surprend par son ouverture d'esprit.

Questions d'histoire et de géographie

Il prend pour point de départ une histoire véridique déjà imprécise et controversée. *Le Mercure de l'Europe* de février 1701 rend compte de la visite en France d'un certain Louis Hannibal qui venait de s'y faire baptiser. Les personnalités concernées ne sont pas des moindres : c'est le roi Louis XIV lui-même qui lui aurait offert son prénom et arrangé à Notre Dame de Paris un baptême aux mains de Bossuet et une première communion administrée par le cardinal de Noailles. Guillaume Bosman, dans son *Voyage en Guinée* de 1705, cite le texte du *Mercure* et fait montre d'un scepticisme qui sera partagé par d'autres commentateurs de l'époque :

> [N]ous continuames nôtre voyage le long de la Côte, jusques à *Assiné*, dont les François se sont mis en possession quelque temps, & cela

vii

d'une si plaisante maniere, que je ne sçaurois m'empêcher de vous en faire part. L'auteur du Mercure de l'Europe parle dans la premiere Partie de l'année 1701. d'un Roi More, converti à la foi Chrétienne, & voici ce qu'il en dit.

Voici encore un Prince Payen converti au Christianisme, c'est Louis Hannibal, Roi de Syrie, (il se trompe, c'est Assiné*) sur la Côte de l'Afrique d'où l'on tire l'or. Après avoir été long temps instruit à Paris et baptisé par l'Evêque de Meaux, le Roi étant son parrain, reçût la communion le 27. de ce mois de Fevrier 1701. des mains du Cardinal de Noailles, & offrit en même temps un tableau à la Vierge Marie, sous la protection de laquelle il mit ses Etats ; ayant fait vœu qu'aussi-tôt qu'il seroit de retour dans son Pays, il travailleroit de tout son pouvoir à la conversion de ses peuples. Ce Prince More partit le 24. du Mois, & devoit s'embarquer à Port-Louis, & être escorté par deux ou trois vaisseaux de guerre sous le commandement du Chevalier Damon.*

Cet Auteur ne va pas plus loin. Il sera bon présentement de vous découvrir l'extraction de ce Roi, & de vous dire ce qui lui arriva dans la suite.

Il y a quelques années que les François avoient accoutumé de transporter dans l'Amérique tous les Nègres qui venoient dans leurs vaisseaux, & de les vendre là comme des esclaves. Ce *Louis Hannibal*, ainsi nommé par les François, était de ce nombre ; & comme selon toutes les apparences on lui trouva plus de genie & plus de vivacité, que ceux de cette nation n'en ont ordinairement, au-lieu de le vendre, ils le menerent à la Cour de France, où ce fripon se dit être le fils & le successeur du Roi d'*Assiné*. Il eut l'adresse de s'insinuer si bien à la Cour, que le Roi lui fit de grands présens, & le renvoya dans son Pays de la maniere que je viens de le rapporter. Quand il y fut arrivé, on trouva qu'au-lieu d'être un Roi, il n'étoit que l'esclave d'un *Caboceer* d'*Assiné*, ches qui il retourna aussi-tôt après son arrivée, & que bien loin de convertir ses sujets au Christianisme, il rentra tout aussi-tôt dans le Paganisme.

Vous jugez facilement du chagrin qu'eurent les François, d'avoir ainsi été la dupe d'un Negre ; & particulierement, parce qu'ils avoient manqué par-là leur coup, qui étoit de s'établir sur la Côte de Guinée par le moyen de ce Roi. Outre que la bonne intention du Roi de France de convertir un Prince Payen, & de le rétablir dans ses Etats, se trouva inutile. La peine de l'Evêque de Meaux & du Cardinal de Noailles fut aussi vaine, en un mot toute la Cour de France fut trompée dans l'attente où elle étoit.

Vous voyez, Monsieur, que quelque innocens que soient les Negres, il y en a pourtant d'assès fins pour tromper une Cour aussi prudente que celle de France. Je croi qu'ils se sont repentis long temps de leur trop grande crédulité, & qu'ils ont maudit mille fois ce prétendu Roi de Syrie. Mais laissons les dans leur colere, & continuons nôtre voyage.[1]

Une vingtaine d'années plus tard, Jean-Baptiste Labat, dans son *Nouveau voyage aux isles de l'Amérique*, renchérit en s'indignant d'abord, en bon Père de l'Église, contre le paganisme retrouvé du prétendu roi d'Essenie, et puis, en bon Français colonial sinon colonisateur, contre le crime "presque aussi grand" d'agir contre les intérêts de la France :

La Compagnie de Guinée l'avoit amené en France, & l'avoit présenté au Roi, qui l'avoit fait instruire dans la Religion, & dans tous les exercices convenables à un homme de sa qualité. Il avoit fait l'honneur de le tenir au Baptême, & de lui donner son nom. Il l'avoit maintenu avec sa magnificence ordinaire au College, à l'Académie, & l'avoit fait servir dans ses Armées comme Capitaine de Cavalerie, afin de le rendre parfait dans la science des armes, comme il lui avoit donné moyen de le devenir dans les autres. Enfin, la Compagnie de Guinée ayant donné avis au Roi, que le Peuple de Juda le demandoit, pour occuper le Trône de son Pere [...] Sa Majesté lui permit de retourner dans ses Etats. Elle voulut bien qu'il signalât le piété dans laquelle on l'avoit élevé depuis tant d'années, en instituant l'Ordre de l'Etoile en l'honneur de la Sainte Vierge, & qu'un grand tableau representant cet évenement, fût posé dans l'Eglise Notre-Dame à Paris, comme un monument de sa foi & de sa devotion. Elle lui donna deux Vaisseaux de Guerre pour le conduire chez lui, avec un superbe Equipage, des officiers, des Meubles, des Provisions, & generalement tout ce qui pouvoit contribuer à faire respecter ce nouveau Roi.

Mais la suite fit bien connoître la verité du proverbe qui dit, que l'Ethiopien ne change point de peau quoiqu'on le lave. A peine eût-il mis pied à terre, qu'il quitta les habits François dont il étoit vêtu, il se mit tout nud comme les autres Negres, avec une simple pagne autour des reins, & se dépouilla en même-tems des sentimens de Chrétien, & d'honnête homme qu'on lui inspiroit depuis tant d'années. Il oublia les obligations de son Baptême, & ne songea plus à faire aucun acte de sa Religion, il prit cinq ou six femmes idolâtres, avec lesquelles il

---

[1] Guillaume Bosman, *Voyage de Guinée...*, Utrecht : Antoine Schouten, 1705, pp. 447–49 (20ᵉ lettre). Si nous citons *in extenso* ce texte de Bosman, c'est qu'aucun commentateur moderne de l'*Histoire de Louis Anniaba* n'y fait allusion, tout comme aucun n'évoque le texte du *Mercure de l'Europe*.

s'abandonna à tous les excès les plus honteux : & pour couronner son apostasie par un crime presque aussi grand, il eut la lâcheté & l'ingratitude de faire tous ses efforts pour exciter un soûlevement contre les François, en faveur des Hollandois & des Anglois.[2]

Les éléments de base de ces récits historiques se retrouvent dans le roman que nous présentons ici, allégés toutefois de leur interprétation tendancieuse. Mais si le personnage a eu mauvaise presse à son époque, la critique moderne, dans la mesure où elle a daigné se pencher sur le roman, n'est pas plus tendre.[3] La plus défavorable, due à la plume acerbe de Roger Mercier, le condamne au nom d'un positivisme déplacé :

[L]e romancier semble ignorer que son héros avait la peau noire, et dans un épisode l'usurpateur qui s'est emparé de son trône l'accuse d'être un seigneur français qui s'est substitué au prince mort. Quant à l'action, elle est constituée par les amours du prince pour une grande dame européenne, qu'il finit par épouser, histoire purement imaginaire. Il est difficile de trouver un récit qui fasse fi aussi scandaleusement de toutes les réalités historiques et géographiques.[4]

L'accusation ne tient nullement compte de la nature romanesque de l'écriture. Nous avons d'ailleurs vu que l'essentiel du récit respecte son point de départ historique. Un détail en est confirmé par la *Relation du voyage d'Issyny* de 1714, de l'abbé Godefroy Loyer : "Je trouvai le Prince Loüis Aniaba que le Roy renvoyoit dans son Païs d'Issyny. Monsieur le Marquis de Férolle [...] me présenta à ce Prince, auquel aiant communiqué mon dessein [d'aller à Issiny], il me dit en m'embrassant qu'il en étoit ravi, & que sa joye étoit parfaite, puisqu'un

---

2   Jean-Baptiste Labat, *Nouveau voyage aux isles de l'Amérique*, Paris, [1722] 1724, II, 43, cité par Léon-François Hoffmann, *Le Nègre romantique : personnage littéraire et obsession collective*, Paris : Payot, 1973, p. 30.

3   Les remarques, d'ailleurs très justes, de Hoffmann portent sur le seul commentaire de Labat, non sur le roman, et c'est bien regrettable.

4   Roger Mercier, *L'Afrique noire dans la littérature française : les premières images (XVIIᵉ–XVIIIᵉ siècles)*, Dakar : Université de Dakar, Faculté des Lettres et Sciences humaines, Publications de la section langues et littératures n° 11, 1962. p. 77. Par ailleurs (p. 67), Mercier trouve que Labat ne proteste pas assez devant les accouplements mixtes : "Pour qu'il manifeste son indignation, il faut qu'il se trouve en présence d'un acte véritablement monstrueux, comme celui du capitaine anglais Agis, qui vivait avec une mulâtresse à Bintan, sur un affluent de la Gambie. Ayant, au retour d'un voyage, trouvé sa femme accouchée d'un enfant noir, preuve de sa trahison, «la colère, le dépit et la rage le transportèrent si fort qu'il fit piler l'enfant dans un mortier, et le fit manger aux chiens.»"

Religieux de l'Ordre de Saint Dominique l'ayant conduit idolâtre en France, il en voyoit un autre s'offrir de le reconduire en son Païs."[5] On sait par ailleurs que le roi de Maroc de l'époque, Moulay Ismaïl, avait conclu un traité avec Louis XIV et que ses corsaires étaient férus de chair blanche. Depuis deux siècles, les dangers de la côte barbaresque avaient fourni ample matière à réflexion pour toutes sortes de littératures.[6]

L'auteur n'a-t-il pas le droit d'ajouter à l'histoire brute une trame amoureuse qui ne peut manquer de séduire ses lecteurs ? Faut-il faire grief au romancier anonyme de colporter une géographie de fantaisie ? On a vu que le *Mercure de l'Europe* va jusqu'à confondre Syrie et Assiné (ou Issinie, ou Issiny, ou Essenie, selon l'orthographe instable du dix-huitième siècle, écrit maintenant Assini et se trouvant au Ghana, sur la frontière ivoirienne), que Labat évoque Juda (ou Fida, maintenant Ouidah) qui, à vol d'oiseau, est à quelque six cents kilomètres d'Assini. Le père Labat ne se refusait d'ailleurs pas le plaisir d'écrire tout un livre sur l'Afrique de l'ouest sans jamais y avoir mis les pieds. Ces régions pour ainsi dire inconnues donnaient encore lieu à des légendes que nous traitons maintenant de puériles. On sait quel succès l'abbé Prévost, largement tributaire de Labat comme de la *New General Collection of Voyages and Travels de John Green* (1743–46) qui avait été son point de départ, aura avec son *Histoire générale des voyages* en quinze volumes (1746–59), laquelle reprend les fantaisies les plus éculées. L'*Encyclopédie* même n'est pas exempt des lubies d'une époque révolue.

Il convient toutefois de pousser plus loin nos investigations géographiques. Le titre du roman annonce le roi d'Essenie et l'on découvre à la première page, après l'Avertissement encadreur, qu'il est né à Guadalaguer, nom de ville qui fait écho à Guadalajara, au nord-est de Madrid. Lorsqu'il réintègre ses États, il débarque à l'embouchure du fleuve Sénégal, soit, à vol d'oiseau toujours, à presque deux mille kilomètres d'Assini. Chemin faisant il dit faire escale à Miquenez, l'actuel Meknès, à cent quarante kilomètres de la mer. Faire fi de la sorte – même scandaleusement – de la géographie, ne signalerait-il pas, autant qu'une

---

5   Cité par Christopher L. Miller dans *Blank Darkness : Africanist Discourse in French*, Chicago & Londres : Chicago University Press, 1985, p. 33.

6   Voir notamment Guy Turbet-Delof, *L'Afrique barbaresque dans la littérature française aux XVIᵉ et XVIIᵉ siècles*, Genève : Droz, 1973.

ignorance réelle, un manque souverain d'intérêt pour cet aspect du récit ? Son importance résiderait ailleurs. Essenie, Guadalaguer, Marseille, Antibes, Nice, Aix, Paris, Tripoli, Meknès, Araxer, Sénégal..., tous nommés, ne sont que les lieux-dits d'une géographie imaginaire suffisante pour étayer une suite d'aventures exceptionnelles qui, elles, retiennent toute notre attention. Notre certitude relative à l'emplacement de Paris ou de Nice, voire même de Tripoli ou de Meknès, fournit une assise suffisante pour un exotisme aventureux.

Si nous revisitons donc la cartographie du roman, en tenant compte des connaissances, des hypothèses et même des méprises de l'époque, nous y voyons certes des confusions inadmissibles aujourd'hui, mais aussi et surtout une géographie de l'esprit qui s'appuie sur les explorations françaises les plus anciennes en Afrique de l'ouest. C'est en 1639, juste un siècle avant la publication de l'*Histoire de Louis Anniaba*, que le premier comptoir français avait été établi sur une petite île située vers l'embouchure du fleuve Sénégal. C'est Saint-Louis qui, dans les récits comme dans les racontars des marchands et des matelots, a pris une place prédominante. Un poste comme Assini, à la fois plus éloigné et de bien moindre importance pour la France, n'avait que peu de prise sur l'imagination française. Dans la mesure où l'auteur anonyme cherche à redorer le blason d'Anniaba, dont on a vu la mauvaise presse, il a raison de détourner le regard d'un Assini inconnu pour le situer aux bords d'un Sénégal relativement connu et apprécié.

Questions de couleur

L'emprise du réalisme et du positivisme est telle, nous l'avons déjà constaté, qu'on a formulé un premier reproche au roman : "le romancier semble ignorer que son héros avait la peau noire". Il ne serait, d'après la thèse de Christopher Miller, qu'un vide à remplir selon les fantasmes et les préjugés de l'auteur.[7] C'est une thèse pleine d'intérêt : le Noir serait d'emblée une *terra incognita* à investir, par le Blanc, du fruit de ses élucubrations, pour la plupart – si l'on veut bien entendre dans ces termes toute la force contradictoire de leur étymologie – dénigrantes. Le héros

---

[7] Miller, pp. 32–39.

aurait en partage les qualités de l'Afrique dont il vient. La simple vérité que Montesquieu avait constatée dans ses *Lettres persanes* : "Passons à l'Afrique. On ne peut guère parler que de ses côtes, parce qu'on n'en connoît pas l'intérieur" (CXVIIIᵉ lettre), laisse à l'imagination la liberté de remplir ce vide de ce qu'elle veut.

Anniaba est pris, au cours du roman, tantôt pour un Italien, tantôt pour un Français. Pour Mercier, cela fait partie du scandale : "l'usurpateur qui s'est emparé de son trône l'accuse d'être un seigneur français qui s'est substitué au prince mort." Croit-on donc sur parole l'accusation d'un ennemi ? Certes non, quoi qu'en semble penser Mercier, mais elle doit avoir un fondement, en ce sens qu'Anniaba doit avoir la peau relativement claire pour que l'accusation porte. Pour Miller, poussant l'argument plus loin, "Aniaba [*sic*] is completely interchangeable with Europeans in both his inner subjectivity and his outer appearance."[8]

Demander à un auteur d'épouser, comme de l'intérieur, la mentalité d'un homme d'une culture foncièrement différente serait une gageure extrême à n'importe quelle époque. Mais tenons-nous-en pour l'instant aux apparences. Miller cite, en version anglaise, deux exemples taxés d'invraisemblance : Anniaba se "fait annoncer en qualité d'Etranger" et serait pris pour "un Gentilhomme Italien". Replacées dans leur contexte, ces deux références confirment à n'en point douter la peau plutôt claire du héros. Si Anniaba est pris pour un Italien, cependant, c'est parce qu'on a fait courir exprès ce bruit : "il faloit s'en tenir au préjugé où l'on avoit mis toute la Province, qui croioit que j'étois un Gentilhomme Italien" (p. 37 ci-dessous). C'est d'autant plus vraisemblable que le jeune prince avait eu (p. 6) un précepteur italien. Quant au mot "étranger", il n'est pas limité à la seule acception que Miller lui prête : *foreigner* ; il signifie aussi *stranger*. Dans des circonstances où un tiers doit présenter Anniaba à une Dame inconnue, le terme français d'étranger, surdéterminé par rapport à l'anglais, est plus que justifié : "Je la quitai [la jeune Veuve qui deviendra son épouse] pour entrer dans la Cour, où m'étant fait annoncer en qualité d'Etranger, je fus introduit dans l'apartement de la Dame qui achevoit de diner" (p. 26). Anniaba a des raisons pour présenter, pour ainsi dire, un bristol blanc : s'il est prêt à affirmer à qui veut l'entendre

---

8   Miller, p. 34. "Aniaba est entièrement interchangeable avec un Européen, tant dans sa subjectivité intérieure que dans son apparence extérieure."

que c'est lui qui a sauvé la belle veuve, tout l'amène à cacher pour l'heure à la Tante de celle qu'il aime son état, sa fortune et ses intentions. A beau mentir qui vient de loin ; a beau dire vrai aussi.

Il est difficile aujourd'hui de faire abstraction des leçons de la Négritude. Tout africain qu'il est, Anniaba n'est pas, par définition même, tributaire de la prise de conscience que provoque, selon la thèse de Fanon, le regard du Blanc.[9] Lorsqu'on habite une peau, on n'y pense pas, on ne la proclame pas à tout bout de champ. Bien dans sa peau, et reçu en aristocrate en France, Anniaba fait comme le tigre de Soyinka qui fonce pour manifester sa tigritude.[10] Cette attitude est renforcée par toute une tradition qui, lorsqu'elle ne représente pas le Noir sous une forme simiesque, le dote d'un faciès et de traits européens.

La convention est en effet plus forte que le réalisme. Une gravure anonyme du dix-septième siècle, typique de son époque, représente Alkemy, roi de la Guinée et "un des plus puissants Monarque [sic] de l'Afrique".[11] On y voit certes un corps "bronzé", mais surtout un visage parfaitement européen, sans nez aplati, sans lèvres démesurées, sans prognathisme aucun. C'est bien la tradition établie par Aphra Behn pour son Oroonoko, jeune Mars au nez pointu, tradition reprise en 1769 chez le Ziméo de Saint-Lambert et prolongée en l'an VII chez l'Itanoko de La Vallée (*Le Nègre comme il y a peu de blancs*), en 1818 chez le Bug-Jargal du jeune Hugo, en 1833 encore chez le Tamango de Mérimée...[12]

N'empêche qu'Anniaba a la peau claire. N'est-ce pas pour mieux asseoir la volonté implicite et pourtant très forte de l'auteur de refuser le racisme ? C'en est, à mon sens, la raison essentielle. La page de titre annonce sans ambages un "Roi d'Essenie en Afrique sur la Côte de Guinée". Sa future Reine reconnaît en lui un "pitoiable Africain" (p. 9). L'auteur ne cherche donc nullement à masquer l'africanité de ce dernier. Mais là aussi, n'y a-t-il pas surdétermination ? Plus réaliste que les

---

[9] Voir Frantz Fanon, *Peau noire, masques blancs*, Paris : Seuil, 1952.

[10] On se souvient que Wole Soyinka a opposé au "manichéisme pernicieux" de la Négritude cette métaphore d'une immédiateté à la fois instinctive et rationnelle. Voir son *Myth, Literature and the African World*, Cambridge : Cambridge University Press, 1976; Coll. Canto, 1990, voir surtout pp. 126–39.

[11] Voir Jean Meyer, *Esclaves et négriers*, Coll. Découvertes 11, Paris : Gallimard, 1986, p. 44.

[12] Voir notre édition des *Contes américains* de Jean-François de Saint-Lambert, Textes littéraires XCIX, Exeter : University of Exeter Press, 1997, pp. xvii–xviii.

réalistes, loin de faire abstraction du signe épidermique, le romancier tient compte du fait que – sans parler d'un éventuel métissage ou même d'un albinisme[13] – certaines ethnies de l'Afrique de l'ouest ne sont en effet pas plus noires que certain type méditerranéen. Et c'est notamment le cas des Peuls, d'origine nilotique d'après les dernières hypothèses, dont on trouve une forte concentration dans le Fouta Toro, autour du fleuve Sénégal.[14] Si l'auteur ne les a pas vus de ses yeux, on a dû le lui dire. Cette ethnie aristocratique et nomade, élancée et hautaine, a fait preuve au fil des siècles d'une grande indépendance d'esprit et d'une grande intelligence dans ses rapports avec les Français.[15] L'auteur humaniste, prêt par ailleurs à promouvoir des idées hétérodoxes, profite des on-dit pour fonder son message antiraciste.

Que cette attitude soit volontaire est nettement indiqué dans l'exergue du roman, mis en valeur sur la page de titre : *Aliquid novi fert Africa quod non est Monstrum* : "Quelque chose nous vient d'Afrique qui ne soit pas monstrueux." Prenant ainsi le contrepied de ce que Pline, dans son *Histoire naturelle* (II, viii), rapporte comme un proverbe déjà existant, l'auteur affiche son humanisme et sa générosité envers l'Autre.

Questions de style et de narration

D'après l'Avertissement, la Reine aurait envoyé les Mémoires de son époux à l'auteur, lequel précise : "Je n'ai rien ajouté du mien à leur Histoire, qu'un certain arrangement qui pourra peut-être la rendre plus intéressante" (p. 3). Pour nous, qui n'avons accès qu'au roman imprimé, il est impossible de mesurer ou de porter un jugement sur l'apport du romancier à cet égard. Ce qui est certain, c'est que l'Avertissement fait partie de l'ensemble et que, malgré les protestations de l'auteur, l'existence même des mémoires évoqués peut être fictive. Qui plus est, dans l'imaginaire de l'époque, un témoignage venu d'Afrique serait pour

---

13 Voir notre ouvrage, *Nègres blancs : représentations de l'autre autre*, Paris : L'Harmattan, 1995.
14 Voir Aboubacry Moussa Lam, *De l'origine égyptienne des Peul*, Paris : Présence Africaine et Khépéra, 1994.
15 Le roman de Cheikh Hamidou Kane, *L'Aventure ambiguë* (Paris : Julliard, 1961) en est le reflet moderne le plus exact. Voir J.P. Little, *Cheikh Hamidou Kane : "L'Aventure ambiguë"*, Londres : Grant & Cutler, 2000.

le moins équivoque, relevant au mieux de l'histoire orale dans une partie du monde qui, pour Hegel comme plus tard pour Hugo, manquait entièrement d'histoire.

L'auteur dit avoir été l'ami d'Anniaba à Paris et avoir connu son épouse. Même si nous ne perçons pas son anonymat, il est possible de faire remarquer chez lui une ouverture d'esprit qui retient certains propos qu'il faut qualifier, dans l'acception du siècle antérieur, de libertins. Il est friand, par exemple, de maximes moralisatrices dont certaines sont assez banales et peu spirituelles : "sans se défier de personne, on doit se précautionner contre tout le monde" (p. 7) ; "Une joie excessive peut aussi-bien faire perdre la vie, qu'un excès de tristesse" (p. 34) ; "L'Amour est tout yeux & tout oreille ; il devine même ce qu'il y a de plus dificile à dénouer. Il détermine les hazards selon ses loix & à son avantage" (p. 32) ; "Je crois l'industrie, la fiction & la ruse aussi permises dans l'Ile de Citere que dans le Champ de Mars" (p. 41). Les mauvais tours de la fortune entraîne (p. 45) des remarques pertinentes mais somme toute familières.

D'autres, majoritaires, frappent par leur liberté d'expression à l'égard des pratiques sociales et religieuses. Du métier de la médecine, l'auteur, par personnage interposé, est aussi critique qu'un Molière : "les arrêts des medecins sont si frivoles, que vous ne devez point y ajoûter foi" (p. 34). En revanche, la valeur accordée à un bon précepteur permet de croire que le romancier connaît intimement ce métier. Un épisode qui traite de l'éducation lui fournit l'occasion de le mettre en valeur tout en lançant une pointe contre certaine noblesse insoucieuse de ses devoirs dans ce domaine : "Bien diférens de la plûpart des grands et des médiocres même de ma Nation, & peut-être des Nations voisines, qui ignorant le prix d'un bon Précepteur, le regardent & le traitent éfectivement comme un de leurs vils domestiques ! comme si donnant la vie civile à leurs enfans, ils n'étoient pas bien plus dignes d'estime & de respect qu'eux-mêmes, qui ne leur ont donné que la vie animale" (p. 15). Le rôle des parents dans l'éducation de leurs enfants n'est-il pas toujours un sujet brûlant ?

On subodore par ailleurs une certaine impatience devant les pratiques de la haute société en lisant : "Mon compliment ne fut pas long. Outre que je n'étois pas encore initié de cette façon d'agir inutile, génante &

ridicule de la fausse politesse, c'est qu'impatient de rejoindre mon adorable Veuve, je ne voulois point employer le tems à un long verbiage" (p. 26). La critique d'une aristocratie oiseuse se fait cinglante lorsqu'il est perçu qu'une mode de vie confine non seulement à l'hypocrisie mais aussi à la superficialité : "Les Cours des Grands n'étant le tragique théatre des malheureux, ne peuvent que dificilement être l'élevement des cœurs tendres & sensibles" (pp. 27–28) ; "Tant il est vrai que les Cours des Rois ne font pas ordinairement le centre des plaisirs purs & solides" (p. 50). Anniaba, se voulant honnête homme, rappelle quand même "qu'il faut du spectacle au Peuple pour l'atirer & le charmer" (p. 68).

L'auteur est pourtant prêt à battre en brèche l'usage qui veut que les femmes musulmanes soient absentes des fêtes : si, à la demande de la Reine d'Anniaba, le Bey de Tripoli accepte leur présence (pp. 57–58), c'est que le romancier souhaite faire reconnaître leur droit à être admises non seulement dans ce cas précis mais aussi ailleurs, sur un pied d'égalité avec l'homme, et cela jusqu'au cœur de la bataille. L'"incomparable Epouse" de l'Avertissement, celle "qui se distinguoit par une grandeur d'ame des plus héroïques" et dont le narrateur, en dehors de la fiction proprement dite, vante "les rares qualités" (p. 3), se pose en modèle certes exceptionnel, mais en modèle à suivre quand même dans sa liberté de pensée et d'action.

Certaines positions auraient encore le pouvoir de nous choquer, telle la remarque suivante, surtout trouvée dans la bouche d'une femme : "Faites réflexion que sa mort [celle de son époux, pourtant aimé] me rend la liberté ; que je ne lui dois tout au plus que le regret de l'avoir perdu & que jusqu'à un nouvel engagement, si j'en prens quelque jour, je ne dois rien à personne ou du moins qu'à celui à qui je ne puis avoir promis quelque chose" (p. 23). Ou bien, plus absolue encore : "les morts ne ressuscitent point. Pourquoi faut-il donc que les vivans s'en embarrassent ?" (p. 24). Choquant aussi, pour un patriote, ce que l'auteur fait dire à Anniaba : "L'horreur qui leur [à ses compatriotes] avoit été inspirée pour la domination Françoise, les avoit déterminés à plûtot répandre jusqu'à la dernière goûte de leur sang qu'à s'y soumettre" (p. 67). Pour justifiée que soit une telle attitude jusqu'au moment de l'indépendance des colonies françaises vers 1960, on comprend pourquoi elle n'est pas très largement partagée en France.

Dans le domaine religieux, où les susceptibilités d'école sont si grandes, l'auteur fait encore preuve de sa libre pensée. Si Dalo... profère, presque en boutade : "Tout ce que je puis dire en deux mots c'est qu'il étoit bien moins Corsaire que la plûpart des Chrétiens" (p. 12), les propos et le gouvernement d'Anniaba vont plus loin : "Il est donc naturel que je laisse à mes Sujets & à vous-mêmes la liberté de penser & d'adopter entre vos idées toutes celles qui ne nuisent pas au bien public, ni aux loix de la Nation" (p. 85). On sait que la foi servait souvent de bouclier, de cheval de Troie même, pour la colonisation et l'esclavage : toute tolérance de la sorte serait non seulement théologiquement suspecte mais encore politiquement inadmissible.

Anniaba souligne sa libéralité en prêtant à Bacha Osman des vertus considérables. Certes, pour être héros digne de ce nom, il faut un ennemi de taille, mais tout un paragraphe (p. 63) énumère ses compétences politiques et militaires. En fin de compte, Anniaba et, à travers lui, le romancier, ne sont dupes d'aucune autorité sociale ou morale, et sont prêts à remettre en question, au nom de la raison, bien des préjugés et des préconceptions. On est bien au siècle des Lumières.

La narration est elle aussi d'époque. Picaresque dans ses aléas, épisodique dans sa forme, elle n'approfondit la psychologie des personnages que dans la mesure où il le faut pour bien mener l'histoire. Mais là encore, une surprise nous attend. Alors que le suspense est nécessaire au genre, et continue ici à battre son plein, il est de temps en temps déjoué par des allusions à la suite du récit. Aussi Anniaba annonce-t-il de futurs rebondissements de son histoire lorsqu'il regrette que l'ignoble baron de Lasc... n'ait pas tenu, par la suite, la parole qu'il vient de donner : "Ah ! que n'a-t-il toûjours soutenu ces sentimens ? Ma felicité en auroit été bien moins troublée" (p. 40). Plus loin, il précise que le bonheur conjugal ne durera pas : "Ce calme étoit trop heureux pour qu'il ne fut point troublé" (p. 43), et encore : "Helas ! que ma précaution auroit bien dû prendre soin d'un objet qui me touchoit de si près !" (p. 44). Après l'enlèvement de son épouse, une réflexion sur la roue de la fortune lui fait dire : "Je sais bien que je n'en ai senti de si rude coup de ma vie. J'aurois peut-être pû en ce tems-là en donner une idée, mais la possession où je suis encore de mon Epouse l'a entierement éfacé" (p. 45). S'il s'agissait de mémoires écrits au fil des jours, de telles anticipations seraient impossibles. Parfois gênantes, il faut l'avouer, elles s'accumulent cependant vers la fin de la première partie du roman ; les toutes dernières phrases les replacent dans le cadre d'un suspense mené selon les règles de l'art : "Mon inquiétude fut extrême, & je ne savois à quoi l'atribuer. J'avois certains pressentimens que je ne pouvois démêler. L'évenement ne tarda pas à en faire voir la justesse" (p. 47).

Questions d'originalité

À de nombreux points de vue, l'*Histoire de Louis Anniaba* emprunte les manières d'un roman d'aventure du XVIIᵉ siècle. Son écriture, sa contestation même ne sont pas nouvelles. La fortune de la maxime n'est plus à faire depuis La Rochefoucauld. Dalo... est loin d'être la première femme de tête présentée dans une fiction. Le libertinage du roman est celui du grand siècle dont l'esprit et le sens n'ont pas encore basculé vers l'acception moderne dont il se revêtira de plus en plus au cours du XVIIIᵉ. Devons-nous continuer à porter sur le roman le regard hostile que les commentateurs contemporains ont réservé pour Louis Hannibal lui-même ?

Le grand intérêt du roman réside dans sa présentation du premier héros noir de la littérature française. Le fait qu'il épouse une dame blanche n'est pas moins remarquable. De son côté, Anniaba est pris au sérieux, doté de qualités exceptionnelles qui annoncent le bon sauvage, lequel, prôné par Rousseau, connaîtra son essor à partir du personnage de Ziméo tel que Saint-Lambert l'imaginera en 1769. Et cela dans un contexte socio-politique tout à fait défavorable. Dans les années 1730, avec l'approbation du *Voyage du Chevalier Des Marchais en Guinée* du père Labat (1730) et de la *Nouvelle Relation de quelques endroits de Guinée* de Guillaume Snelgrave (1735), l'activité des négriers battait son plein avec la meilleure conscience du monde. "Retracer l'histoire de la traite des nègres, c'est [...] retracer l'histoire d'une des pages les plus brillantes de notre histoire commerciale", écrit-on avec justesse mais, hélas, sans ironie, en 1901.[16] Rares et timides, avant 1740, sont les

---

16 E. Augeard, *La Traite des noirs avant 1790 au point de vue du commerce nantais*, 1901, p. 12, cité avec toutes les précautions qu'il faut par Hoffmann, p. 52.

déclarations en faveur des Noirs : le mouvement abolitionniste ne connaîtra d'ampleur que dans les dernières décennies du siècle, avec Raynal et Condorcet, Brissot de Warville et l'abbé Grégoire. L'historien Marcel Dorigny a raison d'écrire que "la première période [de l'antiesclavagisme], inaugurée au fil des années 1740, a été celle de la prise de conscience morale du caractère criminel de la traite et de l'esclavage : ce fut le rôle décisif des écrits de Montesquieu, Rousseau, Saint-Lambert, Prévost, Bernardin de Saint-Pierre, et même Voltaire, quelles qu'aient pu être ses ambiguïtés et ses contradictions."[17] Un témoignage en faveur d'un Noir datant de 1740 mérite donc bien plus d'attention qu'on n'en a accordé jusqu'ici à l'*Histoire de Louis Anniaba*.

Sur une population de six millions d'âmes en France, il n'y aurait eu, vers 1740, que quelque quatre mille Noirs, presque tous des hommes. En 1738 pourtant, après lecture d'*Othello*, l'abbé Prévost jugea bon d'écrire : "une femme blanche ne peut pas tomber amoureuse d'un noir".[18] Celles qui ne savaient pas lire n'ont pas demandé son avis. Mais le contexte était peu propice en effet à une attitude plus libérale, car l'année 1738 a vu passer une loi qui, jusqu'à la veille de la Révolution, cautionnait l'intolérance envers les mariages mixtes.

Un cas célèbre, présenté dans le détail par Sue Peabody,[19] occupait les mois d'été de 1738. Le plaignant, un domestique noir marié, semble-t-il, à une Blanche, suite à son acquittement, demanda sa liberté, laquelle lui fut formellement octroyée par la justice. En décembre de la même année, Louis XV fit promulguer une *Déclaration concernant les nègres esclaves des colonies* qui semble faire montre d'une rétribution disproportionnée : non seulement il abrogea le principe légal, établi depuis 1571, que personne sur le sol français ne pouvait être esclave, mais il fit encore

---

[17] In Marcel Dorigny & Bernard Gainot, *La Société des Amis des Noirs 1788–1799 : contribution à l'histoire de l'abolition de l'esclavage*, Coll. Mémoire des peuples, Paris : UNESCO, 1998, pp. 16–17. Voir aussi Barbara Saunderson, "The *Encyclopédie* and colonial slavery", *British Journal for Eighteenth-Century Studies*, 7 (1984), 15–37.

[18] *Le Pour et Contre*, XIV, 66 (1738), cité par Régis Antoine, *Les Écrivains français et les Antilles : des premiers Pères blancs aux surréalistes noirs*, Paris : Maisonneuve & Larose, 1978, p. 131.

[19] Voir le cas de Boucaux contre Verdelin exposé par Sue Peabody, "*There are no slaves in France*" *: The Political Culture of Race and Slavery in the Ancien Régime*, New York, Oxford : Oxford University Press, 1996, chapitres 2–4. C'est elle qui propose le chiffre approximatif de quatre mille Noirs en France à l'époque.

étendre à la France métropolitaine son édit de 1724 qui interdisait les mariages interraciaux en Louisiane. Aussi, en 1738, l'hostilité envers les Noirs se faisait-elle officielle, même si le Parlement de Paris n'avait pas entériné cette déclaration inique.

Concernant le mariage, l'article IX du *Code noir* de 1685 avait réglé les pratiques religieuses (limitées à la seule Église catholique : 1685 a vu aussi la révocation de l'Édit de Nantes) et, tout particulièrement, le mariage d'une part entre les Noirs, et d'autre part entre un maître blanc et son esclave noire. Dans ce dernier cas, la femme et les enfants étaient éventuellement sujets à confiscation, mais jamais leur liberté ne leur serait rendue. Quant aux Noirs en France, l'article X de la déclaration de 1738 fait référence à un autre décret antérieur : "Les Esclaves Negres qui auront esté emmenez ou envoyez en France, ne pourront s'y marier, mesme du consentement de leurs Maistres, nonobstant ce qui est porté par l'article VII. de nostre Edit du mois d'Octobre 1716. auquel Nous dérogeons quant à ce." L'édit en question avait stipulé : "Les Esclaves Negres de l'un ou de l'autre sexe, qui auront esté amenez ou envoyez en France par leurs Maistres, ne pourront s'y marier sans le consentement de leurs Maistres ; & en cas qu'ils y consentent, lesdits Esclaves seront et demeureront libres en vertu dudit consentement." Pour ce qui est du règlement concernant la Louisiane, règlement étendu dans la pratique à toutes les colonies françaises du Nouveau Monde, l'article VI de 1724 précise la volonté royale :

> Deffendons à nos Sujets blancs, de l'un ou l'autre sexe, de contracter mariage avec les Noirs, à peine de punition & d'amende arbitraire ; [...]. Deffendons aussi à nosdits Sujets blancs, mesme aux Noirs affranchis ou nez libres, de vivre en concubinage avec des Esclaves ; Voulons que ceux qui auront eu un ou plusieurs enfans d'une pareille conjonction, ensemble les Maistres qui les auront soufferts, soient condamnez chacun en une amende de trois cens livres ; Et, s'ils sont Maistres de l'Esclave de laquelle ils auront eu lesdits enfans, Voulons qu'outre l'amende ils soient privez tant de l'Esclave que des enfans, & qu'ils soient adjugez à l'Hospital des lieux, sans pouvoir jamais estre affranchis.[20]

---

[20] *Le Code noir, ou Recueil des réglemens rendus jusqu'à présent concernant le Gouvernement, l'Administration de la Justice, la Police, la Discipline et le Commerce des Negres dans les Colonies Françoises, et les Conseils et Compagnies établis à ce sujet*, Paris : Prault, 1742, pp. 29–30, 493, 200–01 & 323–25 respectivement.

Devant de tels jugements, on mesure le courage de l'auteur de l'*Histoire de Louis Anniaba* et l'on saisit au moins une des raisons pour lesquelles il a tenu à garder l'anonymat. On peut prétexter qu'il a évité la colère officielle en prenant pour sujet un Noir et une Blanche, cas que la législation ne recouvre pas puisqu'à défaut de femmes blanches, il ne pouvait alors se produire dans les colonies. En même temps, pourtant, notre auteur a inauguré une série d'ouvrages où les deux partenaires font preuve d'un affranchissement exceptionnel par rapport à leur société d'origine.[21]

Il faudra de nouvelles lois et une mentalité révolue pour qu'un écrivain ose mettre au centre de la scène un couple Blanche/Noir. Ce sera le mérite d'un philosophe abolitionniste, Bernardin de Saint-Pierre, de le faire dans une pièce qui ne sera imprimée qu'après sa mort : *Empsaël et Zoraïde*.[22] Vers la fin du siècle, en effet, on fera jouer à la légère, soit dans des romans libertins (au sens moderne), soit sur la scène avec des acteurs grimés, ce qu'il est convenu d'appeler maintenant le "couple domino". Il faudra attendre une époque bien plus récente encore pour que le manichéisme, développé au fil des siècles à leur avantage par les Blancs et repris à rebours par le mouvement de la Négritude, soit dépassé et qu'on retrouve les rapports tout simplement humains d'Anniaba et de Dalo... Ce sera d'abord, assez timidement encore, l'apport d'écrivains femmes, souvent injustement négligées, au cours des années 1920 : Lucie Cousturier et Louise Faure-Favier.[23] C'est surtout dans les années 1950 et 1960, grâce à des écrivains noirs tels que Sembene Ousmane et Olympe Bhêly-Quenum, que l'équilibre affiché dans l'*Histoire de Louis Anniaba* sera rétabli.

Ce n'est pas l'équilibre tel que l'entend l'ancien gouverneur-général Robert Delavignette, cité par Yambo Ouologuem dans son extraordinaire patchwork de révolte et d'ironie, *le Devoir de violence*. L'équilibre "officiel" fait l'éloge du colonisateur comme véhicule d'un dialogue entre

---

[21] Voir Roger Little, *Between Totem and Taboo : Black Man, White Woman in Franco-graphic Literature*, Exeter : University of Exeter Press, à paraître en janvier 2001.

[22] Bernardin de Saint-Pierre, *Empsaël et Zoraïde ou les Blancs esclaves des Noirs à Maroc*, éd. Roger Little, Textes littéraires XCII, Exeter : University of Exeter Press, 1995.

[23] Voir notre étude "Blanche et Noir aux années vingt", in *Regards sur les littératures coloniales. Afrique francophone*, II: *Approfondissements*, éd. J.-Fr. Durand, Paris : L'Harmattan, 1999, pp. 7–50.

égaux, ou supposés tels : "Quand Louis XIV disait à Aniaba [*sic*] : « Il n'y a donc plus de différence entre vous et moi que du noir au blanc », il marquait que tous deux étaient rois, solidaires dans la royauté, et qu'ils pouvaient être différents par la couleur tout en étant unis par l'identité de leur nature royale. Et maintenant, par extension, c'est de l'identité d'une nature royale qu'il s'agit entre l'Afrique et nous."[24] C'est au contraire un équilibre où les jugements et les bons mots ne fusent pas du seul côté français, où l'ironie du Roi-soleil devant le Roi-nuit n'est plus du dédain voilé d'un discours faussement égalitaire,[25] où la différence épidermique est enfin perçue et assumée par un Autre qui détermine lui-même son identité et celle, partant, du nouvel Autre, c'est-à-dire nous.

La preuve éclatante que le règne du racisme est enfin révolu, que la boucle est enfin bouclée en littérature nous vient avec le roman de 1999 de Véronique Tadjo : *Champs de bataille et d'amour*, où un couple domino vit son amour ordinaire, biodégradable, sans que la couleur de la peau de la blanche Aimée et du noir Eloka soit mentionnée.[26] C'est une révolution de taille : le racisme naissant au cours du XVIIIe siècle, confirmé à grand renfort de preuves scientifiques au XIXe et poursuivi avec acharnement tout au long du XXe, menace enfin ruine. Il était temps, en effet, que l'on revienne au "daltonisme" racial dont fait preuve l'auteur de l'*Histoire de Louis Anniaba*.

R. L., Dún Laoghaire
janvier 2000

---

24 Yambo Ouologuem, *Le Devoir de violence*, Paris : Seuil, 1968, p. 43.
25 Miller développe toute sa thèse à partir de cette équivoque : le propos de Louis XIV, cité p. 32, est repris à la fin de sa conclusion, p. 249.
26 Véronique Tadjo, *Champs de bataille et d'amour*, Abidjan: Nouvelles Éditions ivoiriennes et Paris: Présence Africaine, 1999.

NOTE TECHNIQUE

Nous avons suivi le texte imprimé de l'unique édition princeps du roman, celle de 1740. Aucun manuscrit n'en est connu, tout comme l'identité de l'auteur (et celle de la plupart de ses personnages) nous échappe.

Les usages orthographiques de l'époque, flottants si l'on s'en tient aux normes établies par la suite, ont été respectés, tout comme l'a été celui des accents ou de tel point d'exclamation en italique, aléatoire aux yeux du lecteur moderne. Mais qu'un accent penche du mauvais côté, ou qu'il manque, même pour indiquer un subjonctif, ne doit pas arrêter une lecture aisée du roman. Il n'est pas sans intérêt de constater que certains emplois (accent circonflexe manquant, confusion entre "quoique" et "quoi que", entre "plutôt" et "plus tôt", oubli de l'accord des participes passés...) se retrouvent sous la plume de beaucoup de Français d'aujourd'hui. Là où notre lecteur pourroit croire à une erreur de transcription, un "[*sic*]" le rassure (parfois à la seule première occurrence), mais un souci pédagogique ne nous a pas poussé à en émailler le texte au point de le rendre fastidieux à lire. Aussi, dans la plupart des cas, laissons-nous au lecteur le soin de relever au passage un usage vieilli : il n'en est aucun d'incompréhensible, nous semble-t-il, pour le lecteur averti.

Pour faciliter la lecture, nous avons toutefois choisi de mettre un point d'exclamation entre crochets là où, comme c'est souvent le cas au dix-huitième siècle, un point d'interrogation en tient lieu. Telle ponctuation erronée (une virgule en fin de paragraphe, par exemple, ou un point d'interrogation manquant) est également corrigée entre crochets sans autre forme de procès. Par ailleurs, nous comblons entre crochets les rares lacunes, où un mot semble avoir sauté. Nous indiquons en outre le cas d'un pataquès et d'une orthographe falsifiée, par inadvertance, au passage d'une page à l'autre. Pour le reste, nous avons respecté jusqu'au nombre d'astérisques et de points de suspension. Là où, en revanche, dans le texte que nous suivons, des guillemets accompagnent à gauche, tout au long d'un paragraphe, le discours d'un personnage, nous les avons ouverts au début, les reprenant le cas échéant, sous forme de guillemets de continuation, au début des paragraphes suivants, pour les clore à la fin entre crochets. Le titre courant du roman où, à la différence du titre,

"Louis" s'écrit, comme dans le texte, avec un tréma, reprend la disposition de l'édition originale.

BIBLIOGRAPHIE SÉLECTIVE

Texte de base

Histoire de Louis Anniaba, roi d'Essenie en Afrique sur la Côte de Guinée, Paris : Aux dépens de la Société, M. DCC. XL

Références critiques du XVIIIᵉ siècle

Bernardin de Saint-Pierre, Jacques-Henri, *Empsaël et Zoraïde ou les Blancs esclaves des Noirs à Maroc*, éd. Roger Little, Textes littéraires XCII, Exeter : University of Exeter Press, 1995

Bosman, Guillaume, *Voyage de Guinée, contenant Une description nouvelle & très-exacte de cette Côte où l'on trouve & où l'on trafique l'or, les dents d'Elephant, & les Esclaves : De ses Pays, Royaumes, & Républiques, des Mœurs des habitans, de leur Religion, Gouvernement, administration de la Justice, de leurs Guerres, Mariages, Sépultures &c. Comme aussi de la nature & qualité du terroir, des arbres fruitiers & sauvages, de divers animaux, tant domestique que sauvages, des bêtes à quatre pieds, de reptiles, des oiseaux, des poissons, & de plusieurs autres choses rares, inconnuës jusques à présent aux Européens*, Utrecht : Antoine Schouten, 1705, pp. 447–49

Le Code noir, ou Recueil des réglemens rendus jusqu'à présent concernant le Gouvernement, l'Administration de la Justice, la Police, la Discipline et le Commerce des Negres dans les Colonies Françoises, et les Conseils et Compagnies établis à ce sujet, Paris : Prault, 1742

Labat, Jean-Baptiste, *Nouveau voyage aux isles de l'Amérique*, Paris, [1722] 1724

Saint-Lambert, Jean-François de, *Contes américains : L'Abenaki, Ziméo, Les Deux Amis*, éd. Roger Little, Textes littéraires XCIX, Exeter : University of Exeter Press, 1997

Références critiques modernes

Cohen, William B., *The French Encounter with Africans : White Responses to Blacks*, Bloomington : Indiana University Press, 1980 ;

traduit sous le titre *Français et Africains : les Noirs dans le regard des Blancs, 1530–1880*, Paris : Gallimard, 1981

Debrunner, Hans W., *Presence and Prestige : Africans in Europe. A History of Africans in Europe before 1918*, Bâle : Basler Afrika Bibliographien, 1979

Duchet, Michèle, *Anthropologie et histoire au siècle des Lumières : Buffon, Voltaire, Rousseau, Helvétius, Diderot*, Paris : Maspero, 1971 ; Flammarion, 1977

Hoffmann, Léon-François, *Le Nègre romantique : personnage littéraire et obsession collective*, Paris : Payot, 1973

Little, Roger, *Between Totem and Taboo : Black Man, White Woman in Francographic Literature*, Exeter : University of Exeter Press, 2001

Mercier, Roger, *L'Afrique noire dans la littérature française : les premières images (XVIIᵉ et XVIIIᵉ siècles)*, Dakar : Université de Dakar, Faculté des Lettres et Sciences humaines, Publications de la section langues et littératures n° 11, 1962

—, —, "Les débuts de l'exotisme africain en France", *Revue de littérature comparée*, 36 (1962), 191–209

Miller, Christopher L., *Blank Darkness : Africanist Discourse in French*, Chicago & Londres : University of Chicago Press, 1985

Peabody, Sue, *"There are no slaves in France" : The Political Culture of Race and Slavery in the Ancien Régime*, New York, Oxford : Oxford University Press, 1996

Roussier, Paul, *L'Établissement d'Issiny*, Paris : Comité d'études historiques et scientifiques de l'Afrique occidentale française, 1935

Spink, J. S., *French Free Thought from Gassendi to Voltaire*, Londres : Athlone Press, 1960

Turbet-Delof, Guy, *L'Afrique barbaresque dans la littérature française aux XVIᵉ et XVIIᵉ siècles*, Genève : Droz, 1973

N.B. Les publications de la University of Exeter Press sont distribuées en France et en Belgique par les Presses universitaires de Bordeaux et en Amérique du Nord par la Northwestern University Press.

HISTOIRE

DE

LOUIS ANNIABA

ROI D'ESSENIE

EN AFRIQUE

SUR LA

CÔTE DE GUINÉE.

PREMIÈRE PARTIE.
Aliquid novi fert Africa quod non
est Monstrum.

A PARIS,
Aux Dépens de la Societé.

M. DCC. XL.

AVERTISSEMENT.

L'*Histoire que je donne au Public est en partie connuë de toute l'Europe ; l'Afrique en sait toutes les circonstances, & je ne puis ignorer celles dont le Heros m'a lui-même fait confidence. L'amitié qui nous a étroitement liés à Paris ne lui a pas permis de me cacher ses avantures : & si j'ai été dépositaire de quelques-unes, j'ai encore été le témoin de plusieurs autres. Le Tableau qu'il fit placer après son Bâtême dans la Métropole de Paris comme le monument autentique d'un fait que tout Chrétien regardera sans doute comme le plus interessant, est une preuve de l'Histoire de sa conversion. Je n'en donne pas à la verité de si claire des autres circonstances de sa vie, dont la France & l'Afrique ont été le theatre : mais elles n'en sont pas pour cela moins dignes de foi. Je le connois assez veridique pour ne m'en avoir point imposé. Aiant connu son incomparable Epouse, je ne doute pas que dans l'ocasion elle n'ait été capable de produire les beaux sentimens que j'expose aux yeux du Public. C'étoit une de ces illustres qui se distinguoit par une grandeur d'ame des plus héroïques. Qu'on ne s'etonne donc pas qu'elle en ait étalé de si beaux traits. Tout ce que j'avance dans cette Histoire est conforme aux Memoires que cette grande Reine m'a envoié du consentement du Roi son Epoux qu'elle rend heureux par sa vertu, & les rares qualités dont elle est ornée. Je n'ai rien ajoûté du mien à leur Histoire, qu'un certain arrangement qui pourra peut-être la rendre plus interessante.*

HISTOIRE
DE
LOUIS ANNIABA.

PREMIERE PARTIE.

LA Ville de Guadalaguer fut le lieu de ma naissance, le berceau de mon éducation & le témoin du mépris peut-être temeraire que je fis de ma Patrie, en l'abandonnant par un trait de jeunesse. Pour ne pas occuper vainement le Lecteur à de fades circonstances de l'ancienneté de ma maison, de la gloire que s'étoient acquis mes Ancêtres sur le Trône d'Essenie, où de pere en fils ils ont été assis depuis plusieurs siecles, je me borne à lui aprendre que le Roi d'Essenie étoit mon pere. Quelque jeune & vigoureux qu'il fût, je devois être prématurement l'heritier de sa couronne, qu'il étoit résolu de me mettre sur la tête dès que j'aurois ateint ma vingtiéme année.

Je n'étois parvenu qu'à la dix-huitiéme quand malgré ces belles esperances, je formai & exécutai presque au même instant le dessein de passer en France. Mon Gouverneur & plusieurs Marchands de cette Nation m'en avoient fait un si charmant tableau, que je ne pus résister à la passion que j'avois de voir l'original.

M'étant donc confié à un Marchand de Marseille, je lui communiquai le dessein que je meditois. Il m'écouta. Aiant donc continué de lui faire ma confidence, j'eux des preuves qu'il en étoit digne. Il me donna sa parole d'honneur qu'il contribueroit de tout lui-même à l'heureuse issuë de mon projet.

Mais de peur que le délai d'un mois qui étoit le terme de son départ, ne fit naître quelque obstacle à mon évasion, il conclut de l'anticiper & de lever l'ancre le lendemain. Je veux, dit-il, promptement satisfaire vos desirs. Prenez vos mesures, ajoûta-t-il, & rendez-vous demain vers la brune au rivage de la mer à une lieuë de la Ville du côté du Couchant, vous y trouverez un canot qui vous portera à mon Vaisseau.

Jamais je n'éprouvai tant d'inquiétude qu'en atendant le moment de mon départ. Je le regardois comme le plus heureux de ma vie. Ma fuite en France ne me promettoit rien moins qu'une parfaite felicité. Le Gentilhomme qui avoit une parfaite éducation, m'avoit donné du goût pour des mœurs & une politesse que je ne trouvois point à la Cour de mon Pere. Cet esclave d'une des meilleures Maisons de Genes avoit été envoié à mon Pere par le Roi de Fez & de Maroc ; & mon Pere l'avoit reçu comme un sujet de merite capable de m'élever en Prince, & du goût des premieres Cours de l'Europe. Je veux même bien me permettre de dire que ma conduite & mes manieres ont donné de sensibles preuves de sa capacité.

Un ordre imprévû faillit à faire échouer mon projet. Le jour que je devois m'évader, mon Pere me fit dire de me rendre avec mon Gouverneur & peu de suite à son *Kiosco*, magnifique Château & des plus rians. Il étoit précisément situé sur une hauteur à cent pas du rivage, où je devois trouver le canot qui m'étoit destiné. Ne pouvant cependant m'éloigner commodément de mon Gouverneur, je ne trouvai d'autre parti à prendre, que de lui confier mon dessein. J'y trouvai d'autant moins de difficulté, que je ne doutois pas qu'il ne fut charmé de me suivre. Quelques grands que soient les avantages de l'esclavage, ils sont toûjours au-dessous des plus petites douceurs de la liberté.

Il ne manqua pas de goûter mon dessein. Tous ses discours ne tendirent qu'à m'y fortifier ; & il se chargea de tous les expédiens pour en favoriser l'exécution. Je ne pensai donc plus qu'à profiter du tems qui me restoit pour faire ma bourse. Je ne le laissai pas inutilement couler. La Sultane favorite, sans être ma mere, me chérissoit tendrement. Elle ne se défioit pas de moi. Je pouvois librement entrer dans son apartement, où il me fut aisé de lui enlever une petite cassete remplie de bijoux d'un grand prix. Je la pris : & l'aiant cachée sous ma robe le mieux qu'il me fut possible, je joignis au plus vîte mon Gouverneur, qui m'atendoit pour me conduire au *Kiosco* selon nos ordres. Nous nous y rendîmes pour précéder le Roi qui devoit s'y rendre le lendemain avec sa Cour, & nous benîmes le Ciel qui se prêtoit si favorablement à nos desseins.

L'heure étant venuë, nous entrâmes dans un jardin dont l'issuë conduisoit au Rivage. Mes gens n'étoient pas acoûtumés à me suivre, lorsque ma promenade étoit bornée par l'enceinte des jardins du *Kiosco*. Il me fut donc très-aisé de m'embarquer en toute sûreté.

On s'imaginera sans peine que le Capitaine du Vaisseau m'y voiant entrer, fut saisi de la joie du monde la plus sensible. Il passa de l'inquietude à la tranquilité d'esprit qui se manifesta sur son visage, aussi-tôt qu'il m'aperçut. Les douces larmes qui couloient de ses yeux, marquoient bien la crainte où il avoit été d'en répandre d'ameres, si notre complot eut transpiré. A quoi ne devoit-il pas s'atendre en ce cas, qu'aux plus rigoureux tourmens ? Il m'avoua avoir prévû toutes les fâcheuses suites de mon évasion, sans qu'aucune réflexion eut été capable de lui faire fausser la parole d'honneur qu'il m'avoit donnée. C'en fut assez pour que toute mon estime & ma reconnoissance se déclarassent en faveur de cet honnête homme, que je regardois comme l'original des portraits que mon Gouverneur m'avoit fait des gens de probité : & quoiqu'il m'eut souvent dit qu'on en trouvoit peu, je crus qu'il s'étoit trompé ; il me parut au contraire que le nombre en étoit grand, puisque le premier Européen à qui j'avois à faire, étoit de ce caractère. Le préjugé qui en cette ocasion s'empara de mon esprit, m'a précipité dans des lourdes fautes en plusieurs époques de ma vie. Tant il est vrai que sans se défier de personne, on doit se précautionner contre tout le monde. C'est une sage maxime que l'inconsidérée jeunesse ne suit point ordinairement. Elle est trop boüillante pour marcher avec la circonspection nécessaire pour ne pas tomber.

Dès que nous fûmes entrés dans le Vaisseau, nous fûmes introduits mon Gouverneur & moi dans la chambre de Poupes, où j'aperçus une fille envelopée dans un grand voile blanc assez clair pour ne pas me dérober les beaux traits de son visage dont je fus épris. Je la saluai à la maniere des Musulmans sans qu'elle me rendit le salut. Surpris de cette indiférence, j'en fus un peu contristé ; mais réfléchissant qu'elle pouvoit être Européene [*sic*] & même Françoise ; puisqu'elle se trouvoit sur un Vaisseau de cette nation, je lui fis mon compliment en françois, auquel

elle répondit avec la dernière politesse. Je fus charmé de ses manieres.
Elle parut contente des miennes. Elle me marqua même sa surprise d'en
trouver autant dans un Africain des plus reculés de l'Europe.

Mon Gouverneur, qui comme nous en étions convenus, prenoit la
qualité de mon Oncle, la rapella de son étonnement, en lui disant que
m'aiant destiné pour l'Europe depuis la mort de mon Pere, dont j'avois
été privé encore enfant, il m'avoit fait élever selon les manieres de cette
belle partie de la Terre, où la politesse étoit montée à son dernier
période. J'ai été élevé en France moi-même, continua-t'il [sic], j'y ai mon
établissement qui n'est pas un des moins gracieux : & comme deux
diférentes femmes que j'y ai épousées, ne m'ont point donné d'enfans, je
me suis chargé de mon Neveu, que j'ai adopté & à qui je destine les biens
assés considerables dont la fortune m'a favorisé.

Cependant nous voguions par un vent favorable dans la plus belle nuit
du monde. La Lune qui étoit au plein nous permettoit de découvrir bien
loin en Mer ; & tout l'équipage & les passagers étoient sur le Pont ou sur
le Tillac pour s'amuser. Nous n'y eûmes pas demeuré un quart-d'heure,
qu'un Vaisseau qui cingloit après le nôtre à toutes voiles, nous donna une
chaude alarme. Il ne fut pas long-tems sans nous joindre. Notre Capitaine
homme de courage, nous aiant fait prendre les armes, nous exhorta à
défendre notre liberté jusqu'à la derniere goute de notre sang. Chacun
animé par ses discours & son exemple se mit en défense. Nous étions
prêts à lâcher notre bordée, lorsqu'on nous cria d'arrêter sans rien
craindre, & qu'on aloit nous envoier une Chaloupe pour nous aprendre
de quoi il s'agissoit.

Nous atendîmes cette Chaloupe nous tenant toûjours sur nos gardes.
Elle arriva enfin & s'acrocha à notre Vaisseau. Un Oficier de la Douane y
monta, & après nous avoir dit de nous rassurer, il montra au Capitaine la
déclaration qu'il avoit fait de la Cargaison, ajoûtant que n'aiant reçû que
la moitié des droits, il étoit envoié avec sa Patache pour revenir à
compte. Notre Capitaine étant convenu de la méprise du Receveur, il lui
païa le droit en entier ; desorte [sic] qu'après avoir bu un verre de Rum
qui est une espece d'eau de vie de sucre, il se retira avec beaucoup de
tranquilité.

L'atention que j'avois donnée à cette cérémonie bien oposée à celle
que je craignois, m'avoit distrait de la belle passagere : l'impatience me

prit de la voir pour la rassurer, ne doutant pas qu'elle n'eut autant de raison que moi de s'alarmer. Je décendis dans la chambre où je l'avois laissée. Elle étoit apuiée sur les genoux d'un passager que je n'avois plus remarqué. Elle n'étoit pas encore revenuë de la foiblesse où elle étoit tombée voiant l'apareil de défense que nous faisions aux aproches du Vaisseau qui nous poursuivoit. Je ne vis jamais rien de si beau. La mort qui sembloit s'être emparée de ses sens, après lui avoir couvert le visage d'une funeste pâleur, n'en avoit pourtant efacé ni la douceur ni les traits. Ils étoient encore capables de charmer les plus insensibles. J'en fus épris : & m'étant aproché pour lui donner quelque secours, je lui frotai les narines d'une huile arabique dont j'étois toûjours muni, qui la rapela aussi-tôt de son évanoüissement.

L'inconnu qui la soûtenoit fut le premier à me remercier du bon ofice que je venois de lui rendre. C'en fut assés pour m'insinuer qu'il s'interessoit infiniment pour cette belle personne, qui aiant repris ses sens, rencherit sur sa politesse & sa reconnoissance. Elle me dit d'un air touchant que la part qu'elle me voioit prendre à son accident, étoit capable de la dedomager [sic] de la peur qui l'avoit saisie. *J'ai cru être perduë sans ressource*, continua-t'elle. *La crainte de retomber dans l'esclavage m'a été plus sensible que la perte que je fis de ma liberté, lorsqu'elle me fut cruellement ravie : le déplorable sort auquel je devois m'atendre en retombant entre les mains de mon patron, a fait tant d'impression dans mon esprit, que cette idée m'a jeté dans une agonie, d'où je ne serois jamais revenuë si. vous ne m'eussiez donné vos charitables soins. Je vous en rend grace, pitoiable Africain*, ajoûta-t'elle ; *recevez les hommages que vous ofre la plus infortunée des femmes ; & qui que vous soiez, je me sens disposée à prodiguer la vie dont je crois vous être redevable.*

Aiant répondu comme je devois à de si généreux sentimens, je jétai les yeux sur l'inconnu. La rougeur soudaine qui se répandit sur son visage me fit sentir les alarmes de son cœur, je ne doutai plus qu'il n'eut quelque droit sur cette charmante fugitive & qu'il ne craignit que sa reconnoissance & ma politesse n'y donnassent quelque ateinte. Telle est la défiance de l'amour. Il permet rarement qu'un cœur qu'il captive, soit blessé d'un nouveau trait. Fut-il immense en tendresse, il n'en peut soufrir le partage.

Le calme aiant été rétabli dans notre bord, on oublia aisément le contretems qui l'avoit troublé. La belle fugitive passa de l'air sombre qu'elle avoit eu jusqu'alors, à une charmante sérénité. L'inconnu calma ses alarmes : & chacun sembla prendre plaisir à raconter les avantures agréables ou disgracieuses dont sa vie avoit été tissue.

Mon Gouverneur faisant le personnage de mon Oncle, avoit déjà donné une idée de ce que j'afectois être & du sort qu'il me destinoit. Cette premiere ouverture m'enhardit à m'informer du sort des autres ; celui de la belle fugitive m'intéressoit le plus. Je pris la liberté de lui demander quel étoit celui qui l'avoit conduite en Afrique. La complaisance ne lui permit pas de diférer à me donner cette satisfaction. Elle commença en ces termes.

« Castelane petite Ville de la Haute Provence, situé dans un valon des Alpes & baignée de la riviere de Verdon, est le lieu de ma naissance, que je tire d'un pere & d'une mere qui ont dignement soûtenu la vraie noblesse d'une longue suite d'Aieux. Mon nom est Dal.... j'ai ateint l'âge de vingt ans. A ma quinziéme année je fus confiée aux soins d'une sœur de ma mere, mariée à un Seigneur du côté d'Antibes petit Port de Mer de ma Province. Comme elle n'avoit point d'enfans, elle avoit pour moi toute la tendresse d'une mere & j'y répondis toûjours d'une façon digne d'une fille soûmise & bien née.

» Mes jours couloient tranquilement dans le Château de Bart... situé au bord de la Mer qui en baignoit l'enceinte. Sans amant & sans amour je goûtois avec douceur les charmes d'une heureuse indiférence. Mais que cet aimable état fut de courte durée. A peine y eus-je passé six mois qu'une ocasion de plaisir fut la source des peines que j'ai soufertes pendant deux ans.

» Une Demoiselle de mes amies m'aiant prié à son mariage & n'aiant pû me dispenser de répondre à ses desirs, je me crus obligée d'avoir chez ma Tante le retour de la nôce. J'en fis la proposition à ceux qui composoient l'assemblée, qui l'aiant bien reçûë, m'acorderent une journée entiere. La compagnie s'y rendit au jour nommé. Les jeux & les graces furent de la partie. Je ne negligeai rien de ce qui pouvoit contribuer au plaisir.

» Ce fut pour le diversifier que je proposai la promenade sur le Rivage de la Mer. Six Demoiselles & trois Cavaliers aiant accepté la partie, je les menai sur une pelouse d'où le coup d'œil étoit des plus amusans. Deux violons & deux haut-bois nous y acompagnerent, & l'on y dansa assez long-tems sans aucun trouble. La vive chaleur qui s'étoit fait sentir dans la journée, fut suivie le soir d'une agréable fraîcheur, qui nous retint dans ce charmant lieu jusqu'à l'entrée de la nuit. Nous pensions à reprendre le chemin du Château, lorsque nous fûmes investis par six hommes armés que nous reconnûmes à leur Turban être Barbares. Ils nous coucherent en joue, nous faisant entendre qu'ils nous massacreroient, si nous faisions mine de nous sauver. Les trois Cavaliers qui étoient sans armes, ne se voiant pas en état de résister, moins encore de nous défendre, aiant pris la fuite, nous laisserent en proie aux Corsaires qui nous conduisirent à leur Chaloupe comme un innocent troupeau de brebis. Nous fûmes portées au Vaisseau qui étoit à l'Ancre, à un quart de lieuë de la côte. Le Capitaine charmé de sa belle capture, nous reçut avec une politesse à laquelle nous ne nous atendions pas : & si quelque chose eut pû nous dédommager de la perte de notre liberté, ses bonnes manieres en eussent été capables. Mais en verité elles ne nous toucherent point. Hè ! qu'y avoit-il de propre à nous plaire dans la déplorable situation où nous étions ?

» Quels que fussent les soins qu'on eut de nous pendant notre navigation, rien ne pouvoit sécher nos larmes. Nos yeux furent l'unique ressource de nos cœurs acablés de tristesse. La propre chambre du Capitaine qui nous fut donnée, les rafraîchissemens qu'on nous présenta & qui en tout autre tems auroient été de notre goût ; les politesses que nous reçûmes, tout cela nous parut insipide. Nous n'étions atentives qu'à notre triste sort ; & malgré l'éloquence du Capitaine qui nous en promettoit un meilleur & qui mettoit tout en œuvre pour nous consoler, rien ne fut capable de nous retirer de notre stupide insensibilité.

» Ce Pirate étoit un Rénegat Norman, natif de Rouën Capitale de cette grande & belle Province de France, qui passoit pour un des plus intrépides Corsaires qui infestoient l'une & l'autre Mer. Quoiqu'il fît cet exécrable mêtier depuis dix ans, il n'avoit ni l'air, ni les manieres Barbares. Sa bonne mine, sa douceur, sa politesse consoloient en quelque façon les malheureux qui tomboient entre ses mains. Il prenoit tous les moiens d'adoucir l'esclavage. J'en ai connu grand nombre des deux Sexes qui en ont toûjours parlé avec éloge. Tout ce que je puis dire en deux mots c'est qu'il étoit bien moins Corsaire que la plûpart des Chrétiens.

» Nous navigâmes heureusement jusqu'à Alger où nous débarquâmes le cinquiéme jour de notre navigation. Le Capitaine nous conduisit dans sa maison mes six compagnes & moi ; & après nous avoir recommandées à sa femme & à ses domestiques, il s'en alla vaquer à ses afaires. Il est aisé de s'imaginer qu'il ne manqua pas d'annoncer sa belle capture dans la Ville, & nous en fumes convaincuës lorsque nous vîmes entrer plusieurs marchands qui venoient nous examiner comme des bêtes qu'on destine à la boucherie. Cette ceremonie ne nous épouvanta point. Nous nous y atendions, n'ignorant pas l'usage des Pirates qui est très-connu dans nos climats. Je fus d'abord du goût d'un des plus fameux marchands de la Régence d'Alger, qui à ce que je pus comprendre, se proposoit de m'envoier à quelque gros Seigneur d'Afrique.

» Mes conjectures ne furent point vaines. Il convint aussi-tôt du prix considérable dont le Capitaine me fit. Je fus venduë & conduite en même tems au logis de mon nouveau Patron. Mais Dieux ! combien de larmes ne versâmes-nous pas mes compagnes & moi, au moment de cette cruelle separation ? La captivité nous auroit paru bien moins rigoureuse, si l'on nous eut laissé la consolation de vivre ensemble ou de rester du moins dans la même Ville. Nos regrets furent superflus. Nous fûmes separées, & trois jours après avoir été venduë, je fus livrée à un Capitaine qui m'aiant fait porter à son Vaisseau, partit aussi-tôt pour Guadalaguer.

» On y eut pour moi toutes les atentions possibles. Jamais le plus précieux bijou ne fut mieux choié ; & après dix jours de navigation je fus débarquée dans cette grande Ville. Il étoit environ midi quand j'arrivai dans une maison où l'on me conduisit. C'étoit à peu près une Auberge de France. On m'y présenta d'abord des rafraîchissemens qui consistoient en des boissons & des mets usités dans le Païs. Quoique je ne fusse pas à beaucoup près consolée de la perte de mes amies, qui ne m'étoit pas moins sensible que celle de ma liberté, je ne laissai pas de boire & de manger la meilleure partie de ce qui me fut servi.

» A peine j'eus fini de manger, que deux femmes entrerent dans la Sale où j'étois avec la femme du Capitaine & une de ses Esclaves. Après m'avoir saluée à leur maniere, elles ouvrirent une cassete couverte de velours bleu piquée de clous de vermeil, d'où tirant une robe de soie

blanche, une écharpe bleuë & un grand voile de gaze blanche toute [sic]
des plus fines, voici, me dit la plus âgée, un habit que t'envoie la Patronne
à qui tu apartiens maintenant. C'est une preuve de l'amitié qu'elle a pour
toi, avant même te voir, ni te connoître. Reçois, continua-t-elle, fortunée
Chrétienne, reçois ce présent de ma main avec tout le respect que tu dois.
Dépoüilles-toi de tes vils haillons, pour vêtir cette précieuse robe ; &
benis le Ciel & notre grand Prophete, de l'heureux changement de ta
fortune. Il dépend de toi, ajoûta-t-elle, de t'en rendre digne par ta
soumission, ton afection, & ton atention à lui plaire. C'est le moins
qu'elle puisse atendre de ta reconnoissance.

» Elle dit : & s'aprochant de moi elle me baisa la main. M'aidant
aussi-tôt à me deshabiller, elle me couvrit de cette robe, me ceignit de la
magnifique écharpe, me mit sur la tête le voile blanc qui me fut relevé de
terre pour être ataché à l'écharpe qui me servit de ceinture, & pour finir
cette ceremonie, elle me baisa au front, disant que j'étois charmante
depuis qu'on ne voioit plus en moi aucun des infames ornemens des
infidéles Mécréans.

» Je restai immobile pendant cette étrange ceremonie, comme si
j'eusse été en extase. Je m'imaginois que ce que je voiois & que
j'entendois, n'étoit qu'un rêve. Mes sens étoient si ofusqués que je n'en
faisois presque aucun usage. Revenant enfin de cet assoupissement, je
répondis à ces Emissaires en langue provençale, qui aproche beaucoup de
la langue franque dont elles se servoient. Je remerciai ma Patronne de
son atention, les priant de l'assurer de mon respectueux atachement. Celle
qui portoit la Parole me dit que je n'avois qu'à les suivre pour lui
déclarer moi-même mes sentimens.

» Cependant je fus conduite au Palais de ma Patronne, où je fus
éblouie, en entrant, de l'éclat des riches meubles qui y brilloient de toutes
parts. Les deux Emissaires qui étoient à mes côtés me tirant par la robe,
me firent entendre qu'il falloit me mettre a genoux. Je m'y mis a l'instant,
& m'étant prosternée, je baisai le bas de sa majestueuse robe, en lui disant
que le sort me destinant à son service, je m'y dévouois de tout mon cœur.
Elle ne me laissa pas long-tems dans cette humiliante posture, releve-toi,
me dit-elle, belle Chrétienne ; benis ton sort & le grand *Alla* qui te le
procure. Goûtes-en la douceur si tes sentimens sont sinceres. Quels que
puissent être tes desirs, je puis les combler. Compte surement sur

l'amitié, la tendresse, la puissante protection de ta Patronne, qui va commencer dès ce moment à travailler eficacement à ta haute fortune.

» J'avouë que cette entrée dans mon esclavage me parut la plus belle du monde. Tout m'y promettoit les plus grands agrémens de la liberté. Mais est-il quelque chose qui puisse dédommager de la perte qu'on en fait ? Une heure après mon arrivée au Palais de ma Patronne qui étoit niéce du Roi d'Essenie, & que ce Prince avoit donnée en mariage au Grand General de ses Armées son favori, elle me présenta à son Epoux. Il me reçut avec beaucoup de bonté, & parut me voir avec quelque espece de complaisance. Ne voulant pas me laisser plus long-tems ignorer ma destinée, il fit apeller ses trois filles, dont l'ainée n'avoit que douze ans. Voilà, leur dit-il en me désignant, voilà votre Maîtresse, votre Patronne, votre seconde mere. Je prétens que vous lui soiez soumises, que vous l'écoutiez avec l'atention qu'elle merite. Et vous dit-il, en m'adressant la parole, aiez-en soin, je vous prie, comme de vos propres enfans. Donnez-leur vos leçons en langue franque, puisque vous le savez sufisanment [*sic*], pour atendre que vous aiez apris l'Arabe. Je veux vous donner moi-même un Maître. C'est un de mes Esclaves qui fait l'Italien & le François. Il ne lui sera donc pas dificile de vous enseigner.

» Charmée d'une bonté si inesperée, je voulus me prosterner pour le remercier de la confiance dont il m'honoroit ; mais il m'arrêta, me disant qu'il me dispensoit de toutes les ceremonies & des humiliations atachées à l'esclavage. Joüissez de votre liberté, ajoûta-t'il, mais n'en abusez pas, car je cesserois de vivre si vous ne répondiez à mon atente.

» Quoique mon sort parût le plus heureux du monde, l'éloignement de mes parens & de mes malheureuses compagnes m'en éclipsoit néanmoins toute la douceur : & malgré la sérénité qu'il me faloit afecter en présence de ma Patronne, je ne laissois pas d'avoir le cœur inondé de tristesse. Quant à son époux, je le voiois rarement & tout au plus une fois la semaine que j'alois lui présenter mes trois Eleves dans son apartement. Il m'y recevoit avec autant de marques de distinction que si je n'eusse point été son Esclave. Il ne manquoit jamais à porter la main au Turban lorsqu'il m'apercevoit : & il avoit toujours quelque chose de gracieux à me dire, sans pourtant m'avoir jamais fait entendre qu'il eut dessein d'atenter à ma vertu. Je me regardois en un mot comme la mere de mes Eleves. J'étois maitresse de mes actions, & même respectée & obéie dans le Palais. Qu'on juge du cas que faisoient mes Patrons & de l'éducation & des Sujets capables de la donner ? Bien diférens de la plûpart des grands & des médiocres même de ma Nation, & peut-être des Nations voisines, qui ignorant le prix d'un bon Précepteur, le regardent & le traitent éfectivement comme un de leurs vils domestiques ! comme si donnant la vie civile à leurs enfans, ils n'étoient pas bien plus dignes d'estime & de respect qu'eux-mêmes, qui ne leur ont donné que la vie animale.

» Quelques jours après mon entrée dans le Palais du Bacha & General Berglid mon Patron, un Eunuque conduisit dans mon apartement le Maître qui devoit m'enseigner l'Arabe. Il fut témoin de la conversation que j'eus avec lui ; mais craignant que cet Argus n'entendit la langue françoise que nous parlions, elle fut sérieuse ; & je me contentai de la leçon qu'il me donna après avoir apris de sa bouche qu'il étoit Provençal.

» Malgré la curiosité que j'avois d'en aprendre davantage, je ne lui fis aucune question. J'esperois pouvoir quelque jour lui parler en liberté, & m'informer de son nom & de sa famille. Le moment vint que je fus satisfaite. Ce fut le lendemain qu'il revint à la même heure, acompagné à la verité du même témoin, mais que je ne craignois plus depuis que j'avois apris qu'il n'entendoit point la langue françoise. C'étoit de sa propre bouche que j'en avois été informé [sic] le même jour. Peu m'importoit qu'il vit nos actions, dès qu'il ne pouvoit entendre nos entretiens.

» Nous mîmes donc à profit mon Maître & moi la liberté que nous avions de converser ensemble sans être entendus de personne. Il m'aprit son Païs, sa naissance, toute son histoire, & je ne fus pas long-tems sans lui donner les mêmes lumières sur mon compte. Il étoit de Provence, ainsi que je l'ai dit, & unique enfant mâle d'un Gentilhomme titré de cette Province. Le Marquis son Pere étant mort, il resta sous la conduite de sa Mere, qui n'avoit des yeux que pour sa fille aînée, dont elle faisoit son idole. Il en fut si durement traité, qu'il se livra à une espece de désespoir. Croiant trouver un meilleur sort loin de cette Mere dénaturée, il se sauva de sa maison n'aiant que douze ans : & se voiant dénué de toutes choses, il se donna pour fils d'un pauvre Païsan à un Capitaine de Vaisseau marchand de Marseille, qui le prit à son service.

» Le premier voiage qu'il fit avec son Maître ne fut pas heureux. Il tomba dans l'esclavage, & de main en main, il vint enfin jusqu'à mon

Patron qui s'en servoit utilement dans les Armées qu'il commandoit, lorsque le Roi d'Essenie étoit en guerre avec ses Voisins. Comme il avoit apartenu à plusieurs Patrons de diverses Contrées d'Afrique, il en avoit apris les diférentes langues & surtout l'Arabe qui en est la plus polie. C'est à ce talent qu'il étoit redevable de la confiance du General Berglid & de la liberté qu'il lui donnoit. Me voiant avec les mêmes avantages chez le même Seigneur, il ne m'étoit pas dificile de voir mon Maître quand je voulois. L'amour dont nul cœur n'est à l'abri, se mit insensiblement de la partie. Il nous blessa l'un & l'autre du même trait, & le mariage que nous contractâmes en présence d'un Missionnaire de l'Ordre de la Redemption des Captifs, nous permit de soulager les blessures que l'Amour nous avoit faites à la sourdine. Il ne nous a plus décoché que des flèches, qui pour être moins cachées, ne sont pas moins sensibles, & mon Epoux & moi les ramassons avec des tendres soins pour nous en former des trophées quand nous serons arrivés dans notre Patrie, où nous nous proposons d'élever un Temple à l'Amour conjugal.

» Non contens de cet aimable fruit de notre liberté au milieu de l'esclavage, nous avons médité d'en cultiver & cueillir de plus doux dans notre Patrie. Les mesures que nous avons prises, ont été si bien concertées, qu'elles nous ont réussi jusqu'à ce moment. Veuille le Ciel nous rendre à notre terre natale. Mon Epoux, dit-elle, en posant la main sur les genoux de l'Inconnu, à qui je dois la liberté, y moissonnera tout ce que l'amour le plus reconnoissant peut produire de plus tendre.[»]

Cette belle personne à qui nous avions donné toute notre atention, nous avoit si agréablement entretenus, que le tems s'etoit insensiblement écoulé, sans que le sentiment de l'apetit ni rien du monde nous eut distraits de son histoire. Elle nous la fit d'un ton si doux & avec de si charmantes manieres, que nous ne pûmes lui refuser la pitié, l'estistime [sic, au passage d'une page à l'autre] & le respect que meritoit la vertu. Je ne pus m'empêcher de lui déveloper la juste idée que j'avois de son merite : & après lui avoir témoigné le cas que j'en faisois, j'adressai la parole à son heureux Epoux que je felicitai de son choix, & de la recompense que le Ciel avoit donnée à la probité.

Il me répondit de l'air du monde le plus gracieux, que malgré l'esclavage où il gemissoit dès sa tendre jeunesse, il avoit mis en pratique les principes qu'il avoit reçus dans la maison de son Pere, où il avoit été élevé dans son enfance, & qu'il esperoit ne jamais déroger aux sentimens qu'on lui avoit inspirés. *Je m'estime heureux*, ajoûta-t-il, *d'avoir l'aimable compagne que le Ciel m'a donnée. Elle a partagé mes peines, je souhaite être en état de lui faire part de mes plaisirs.*

Le vent qui secondoit les vœux que nous faisions tous pour un promt [*sic*] & heureux trajet, nous poussa en sept jours à la vue des Côtes de Provence ; mais comme nous approchions de Marseille où nous allions, il se leva un vent d'Ouest impetueux qui nous obligea de prendre un peu le large. Atristés de cet obstacle, nous demandâmes au Capitaine s'il pourroit resister au vent. Il nous dit qu'il n'esperoit plus pouvoir gagner le Port auquel nous aspirions, & qu'il se trouveroit heureux, s'il pouvoit relâcher dans quelque Port ou Havre de la Côte de Genes ou de Toscane. Cette nouvelle ne nous fit point plaisir ; mais nous nous en consolions dans l'esperance qu'il nous donna d'être en peu sur une Côte sûre, & à l'abri des courses des Pirates.

Cependant le Capitaine sut si bien se servir du vent, & il fit une si belle manœuvre, que la même nuit vers les trois heures nous entrâmes dans le petit Port d'un Vilage entre Antibes & Toulon. Tout le monde dormoit entre les Ponts. M'étant éveillé au point du jour & montant sur le tillac, je fus bien surpris de ne voir ni le Capitaine, ni Pilote, ni Matelot. Ils se délassoient de la fatigue & du travail de la nuit ; mais je fus charmé de voir le Vaisseau à l'ancre devant un Vilage.

L'impatience où j'étois d'en informer la belle Passagère & toute la compagnie, ne me permit pas de ménager leur sommeil. J'allai dans la chambre de poupe, & j'éveillai tout le monde. Au bruit de l'heureuse nouvelle que j'annonçois, l'aimable fugitive d'un mouvement machinal sortit de son lit en chemise. Son Epoux qui n'avoit sans doute pas la réflexion plus libre qu'elle, en sortit dans le même équipage ; & quoi qu'il aperçut sa femme dans ce charmant état, il monta sur le Pont sans rien lui dire. Tandis qu'apres avoir mis une jupe elle cherchoit ses bas sans les trouver, quoi qu'ils fussent assés près du cofre où elle étoit assise. Elle me pria de regarder si je ne les verrois point. J'eus le bonheur de les trouver, & les lui aiant aussi-tôt présentés, hé grand Dieu ! s'écria-t-elle, à quoi pense-je ? Faut-il que ma réflexion soit si tardive, & que je me sois si fort oubliée ? J'espère, ajoûta-t-elle Monsieur, que vous me pardon-nerez mon inadvertance. Helas, lui répondis-je, Madame, puis-je vous rendre quelque service, fut-il même le plus bas, qui ne me fasse autant d'honneur que de plaisir.

Elle me repartit que ma politesse étoit excessive ; qu'il étoit peu de Cavaliers dans sa Province qui en aprochassent, & qu'elle avoit pour moi une estime qu'elle avoit conçûë en peu de tems, mais qu'elle conserveroit toute sa vie.

Je ne puis résister à vos charmes, lui repartis-je, Madame ; & si pour meriter la plus petite de vos faveurs, il est nécessaire de vous aprendre qui je suis, vous le saurez quand vous voudrez bien me permettre de vous en informer : & lui prenant la main qu'elle m'acorda sans resistance, je pris la liberté de la baiser, en lui disant, que c'étoit le plus grand plaisir que le fils du Roi d'Essenie pût jamais avoir.

Ce langage la rendit immobile. Mais après avoir assez long-tems tenu les yeux fixés sur moi, ah ! Prince, s'écria-t-elle, comment ne vous ai-je pas reconnu ? Je le devois par bien des indices, & surtout aiant eu plusieurs fois l'honneur de vous voir & de vous parler chez ma Patronne, que je sais être votre Tante, helas ! pouvois-je m'imaginer vous rencontrer ici dans un pareil équipage ? Par quel sort vous y trouvez-vous ?

Je m'étois bien rapellé, pendant qu'elle racontoit son histoire, que je lui avois souvent parlé, & que même la Sultane Berglid sa Patronne, craignant que je n'en devinsse amoureux m'en avoit comme interdit la conversation. Je ne vous remets que trop, lui dis-je, charmante Beauté, & je crains que ce souvenir & votre présence ne troublent le repos de ma vie. Ah Ciel, ajoûtai-je, s'il me restoit au moins quelque lueur d'esperance, que vous ne refusassiez point l'hommage d'un cœur *****.

Arrêtez Prince, dit-elle, en m'interrompant [!] N'acablez point la plus malheureuse de toutes les femmes. Et baissant les yeux, tandis qu'une séduisante pudeur lui couvrit le visage : Helas ! dit-elle ; mon cœur n'est plus à moi. Je croi que mon Epoux le merite par toute sorte de titres. Peut-il en être privé que par une afreuse injustice & la plus noire de toutes les ingratitudes.

Son heureux Epoux entra comme elle prononçoit ces dernieres paroles ; & me sautant au cou par un excés de joie, enfin, me dit-il, Monsieur, nous sommes en sûreté, que le Ciel en soit beni. Je regarde à présent avec une espece de plaisir les horreurs de l'esclavage que je ne vois plus que de loin. Ah ma chere, s'écria-t-il, en se tournant vers son Epouse pour l'embrasser ; mais il n'en dit pas davantage & il tomba à la renverse.

Sa tendre épouse frapée de ce rude coup, s'écria que son mari étoit mort. Et s'étant livrée aux larmes & aux sanglots, mile touchantes plaintes sortirent de sa bouche. Les traits & les vives couleurs de son visage cederent la place à la pâleur mortelle dont il fut couvert ; je ressentis moi-même un noir chagrin la voiant acablée d'une si juste douleur ; cependant je ne negligeai rien pour secourir son malheureux Epoux.

En vain je lui frotai la bouche, les temples & les narines de mon huile arabique ; en vain je voulus lui en faire entrer quelques goûtes dans la bouche, il ne donna aucun signe de vie. Ses membres étoient plus froids que la glace. En un mot, il étoit mort entre les bras de sa tendre Epouse qui baignoit son visage de ses larmes.

J'avouë que ma consternation fut si grande, qu'il ne me fut pas possible de lui adresser une parole consolante. Tout ocupé du funeste accident qui venoit de me fraper, je ne pensois plus à cette adorable beauté. Mon idée n'étoit remplie que du triste objet de son fidéle amour. Je m'y livrai si fort que j'eus moi-même besoin de secours : & aiant demandé d'une voix languissante un peu d'eau de vie pour prendre mon remede, je serois tombé de foiblesse sur le cadavre si le Pilote ne m'eut retenu.

La belle Veuve qui s'en aperçut, partageant sa douleur m'aprocha en jettant un grand cri. Sa voix que j'étois encore en état de discerner, bien plus eficace que mon huile précieuse & que tous les secours qu'on eut pû me donner, me rapella les sens & les forces : & jettant sur elle des yeux languissans, quel est donc, lui dis-je Madame, le cruel destin qui nous poursuit jusque sur une terre où nous pouvions esperer être à l'abri de ses coups?

Après avoir laissé échaper des soupirs & des sanglots, elle me dit très-obligeanment [*sic*] qu'elle esperoit que le Ciel prendroit soin de ma vie, & qu'il ne fraperoit pas du même coup deux objets qui lui étoient si chers. Comment vous trouvez-vous, ajoûta-t-elle ? Faut-il que mon Epoux & moi vous causions tant de peine ? Ah ! repris-je Madame, que celle que je ressens seroit douce, si j'esperois qu'un jour vous m'en tinsiez [*sic*] compte ! Moderez-les donc ces peines, me repartit-elle, calmez-les même, & soiez assuré que je ne fus jamais ingrate.

Les Passagers & l'équipage que cet accident avoit éveillé & atiré dans la chambre, virent dans un morne silence une si tragique scene, & s'il fut rompu, ce ne fut que par des regrets & des larmes qu'ils verserent sur la mort du malheureux Marquis.

Cependant le jour étant déja grand, les Passagers ne penserent plus qu'à prendre terre. Le Capitaine qui revint enfin de son étonnement après avoir tâché de consoler la Veuve, vint lui demander si elle souhaitoit que le Corps de son Mari fut transporté à Marseille, où il esperoit arriver avant la nuit ; eh mon Dieu ! lui dit-elle, que puis-je vous répondre sans savoir en quel Païs nous sommes. Nous sommes en Provence, repliqua le Capitaine, à une lieuë d'Antibes. D'Antibes, grands Dieux, s'écria-t-elle ! suis-je donc assés heureuse pour voir ma Patrie ? Cette joie suspendant son afliction, elle vola, pour ainsi dire, sur le Pont. Tant il est vrai, qu'un petit plaisir est capable d'éclipser la plus vive douleur.

Le premier objet qui s'offrit à ses yeux fut le Château de Bart... elle les atacha si fort sur cette maison qu'elle resta immobile, comme si toutes les facultés de son ame & tous ses sens eussent abandonné son corps pour s'y transporter : & si mon Gouverneur & moi ne l'eussions rapellée de cette distraction, elle n'en seroit pas si-tôt revenuë. Charmé de voir sa tristesse ceder la place à un certain calme qui se laissoit apercevoir sur son visage, je lui demandois si elle se reconnoissoit bien ? Elle me répondit d'un air serain, que le Château que nous voïïons & qu'elle avoit consideré avec tant de plaisir, étoit le sejour de sa chere Tante & [le] lieu où elle avoit perdu sa liberté[.] Helas ! reprit-elle, que mon sort seroit doux, si avec l'esperance que j'ai d'embrasser ma parente qui m'a tenu lieu de mere, j'avois la consolation de posseder mon malheureux Epoux ! le Destin qui m'en a privée me punit bien cruellement en me privant si brusquement de sa présence, qui faisoit ma felicité. Oüi Monsieur, ajoûta-t-elle, elle seroit parfaite, si je pouvois la partager avec ce tendre objet de mon amour.

Nous étalâmes toute notre éloquence à lui proposer les plus puissans motifs de consolation que la raison put nous suggerer dans cette funeste conjoncture, & nous conclûmes qu'elle ne devoit plus penser qu'à faire donner la sepulture aux tristes restes de son Epoux. Elle garda quelque tems le silence, les yeux fixés en terre. Sans doute qu'elle fit alors les judicieuses réflexions qu'elle nous communiqua avec une fermeté philosophe. Quelque sensible que je sois, dit-elle, à la perte de mon Epoux, je la suis bien moins que si je n'avois jamais éprouvé tant d'accidens qui ont traversé ma vie : il est heureux pour moi d'en avoir essuié de toutes les especes, afin que je m'éleve au-dessus de celui qui vient de me fraper si rudement. Que me serviroit-il de me livrer à d'inutiles regrets, à des desirs superflus ? Le meilleur parti & le plus raisonnable que je puisse prendre, c'est de n'y plus penser & de m'arrêter uniquement à ce que ma raison peut me fournir de consolant. Fasse le Ciel que ce soit ici le dernier trouble de ma vie ! & puisqu'il m'aime encore assés pour me rendre à ma chere Patrie, je crois devoir profiter de ses faveurs. Ma soumission à ses ordres l'engagera peut-être à m'en acorder de nouvelles, & à finir toutes mes peines.

Nous ne manquâmes point mon Gouverneur & moi à la confirmer dans une si sage maxime, & nous n'y réussimes pas mal. Elle nous avoüa qu'elle avoit toûjours eu celle de reprimer les souhaits inutiles, les regrets superflus, & de vouloir de bonne grace ce qu'elle ne pouvoit empêcher. C'est, ajoûta-t-elle, l'heureux fruit que j'ai cultivé dans mon esclavage. Envain [sic] l'aurois-je cultivé, si je n'en goûtois la douceur ?

Charmé de la voir à même d'être consolée du coup éprouvant qui l'avoit frapée, je ne l'entretins plus que de ce qui pouvoit la distraire de l'objet de sa douleur. Mon principal soin fut de ne paraître en sa présence qu'avec un air gai & des manieres enjoüées, auxquelles je donnois l'essor par dégrés, à mesure que le tems passeroit l'éponge sur sa douleur.

Le Capitaine qui s'empressoit à faire lever l'ancre, vint nous dire qu'il n'y avoit point de tems à perdre, si nous voulions aller à terre & y faire transporter le corps du défunt. Elle le pria de la faire porter à terre. Lui aiant offert ma compagnie elle l'accepta ; & j'entrai avec elle dans le canot, apres avoir pris congé du Capitaine à qui je marquai ma reconnoissance, en lui donnant une tabatiere d'or enrichie de six beaux diamans, & prié mon Gouverneur de paier le naulage du défunt, de la belle Veuve & le sien.

Nous fîmes donc elle & moi le trajet du Vaisseau au rivage. Nous prîmes une chambre dans une Auberge pour y déposer le corps mort ; nous dépêchâmes quatre hommes pour l'y transporter ; & aiant donné ordre aux funerailles, nous entrâmes dans une autre Auberge située au bord de la mer pour y atendre mon Gouverneur, qui étoit resté dans le Vaisseau pour acompagner le convoi.

En l'atendant elle prit ocasion de me dire sans témoin, que puisqu'elle avoit eu le malheur de perdre son Epoux, elle étoit resoluë de cacher son mariage à sa Tante, à tous ses parens & à toute la Province. Ne pouvant produire mon mari, continua-t-elle, j'aurois beau assurer que je ne me suis point mesaliée, on pourroit fort bien en douter & même n'en rien croire. Il vaut mieux mettre ma perte au profit de mon repos & de mon honneur quoi qu'injustement chancelant. Ainsi, ajoûta-t-elle, comptant sur votre discretion & sur celle de votre Oncle prétendu, j'en veux dechirer le certificat ; mais, je vous prie, de m'acompagner chez ma Tante, où vous vous délasserez quelques jours des fatigues de la mer. Si vous voulez m'y acorder des mois & des années, vous me ferez plaisir, je m'assure que ma bonne Tante aprouvera tout ce que je trouverai bon.

Cette confidence m'enhardit à lui faire la mienne. On peut bien s'imaginer que l'ocasion étoit trop belle pour la negliger. Je la priai donc à mon tour de cacher à tout le monde mon rang & ma naissance. Il me sufit, ajoûtai-je, que vous en soiez seule instruite. Trop heureux, si ces avantages que je tiens par hazard de la nature, étoient capables de vous tenter & de suppléer aux autres qualités qui pourroient me rendre digne de votre cœur.

La plaie, dit-elle, que vient de me faire le Destin, est encore trop fraîche pour me permettre la liberté d'esprit qu'il me faut pour vous rendre une réponse décisive. Le tems est le plus sûr, quoique le moins promt consolateur, atendons de ce grand Maître l'arrêt que vous souhaitez. Profitez-en, genereux Prince, pour vous consulter, & soiez sûr que je n'oublierai jamais vos bontés ni votre merite. Ce n'est pas d'aujourd'hui seulement que j'en suis sensiblement touchée ; mais souvenez-vous Prince, que je dois ménager ma gloire.

N'aiant pas encore oublié mes manieres Musulmanes, je me jettai à ses piés & je lui baisai le bas de la robe. Elle ne me laissa pas long-tems dans cette atitude, mais me tendant les mains pour me relever ; nous sommes en France, dit-elle ; vous pouvez y prendre les faveurs que les Dames permettent aux Cavaliers sans interesser leur gloire ; & me présentant le visage, elle s'aprocha pour recevoir un baiser, que je lui donnai avec une tendresse, à laquelle elle me parut ne pas être insensible.

Que penserez-vous de moi, dit-elle ? Je m'assure que vous augurerez mal de mon amour & de ma fidélité pour feu mon Epoux. Mais suspendez votre jugement, continua-t-elle. Faites réflexion que sa mort me rend la liberté ; que je ne lui dois tout au plus que le regret de l'avoir perdu & que jusqu'à un nouvel engagement, si j'en prens quelque jour, je ne dois rien à personne ou du moins qu'à celui à qui je ne puis avoir promis quelque chose.

Ces sentences qu'elle prononça avec des graces infinies me toucherent. Heureux, lui dis-je, le mortel à qui vous promettrez votre cœur ! je vous crois assés exacte pour lui tenir parole. Ah ! reprit-elle, que le mien n'est-il fait pour le vôtre.... & comme elle s'arrêta court, continuez, lui dis-je, adorable Mortelle, afin que je puisse entendre la décision de mon sort. Après m'avoir repliqué que le Destin en étoit chargé, elle continua, ajoûtant qu'il ne convenoit point à son dessein de se trouver dans le Vilage où nous étions, lorsqu'on enterreroit son mari. Ma tristesse & sans doute mes larmes, dit-elle, en les laissant couler, pourroient bien le découvrir, me trahir & le faire échoüer. Allons-nous-en donc, reprit-elle. Je vois revenir votre ami ; j'espere qu'il vous acompagnera au logis.

Mon Gouverneur qui ignoroit ce qui s'étoit passé entre la belle Veuve & moi, se disposoit en l'abordant d'un air triste à renouveler son chagrin par un compliment de condoleance. Lui aiant fait signe des yeux & de la tête de s'en dispenser, il m'entendit & il l'aprocha d'un air serain, ne lui parlant que de la beauté du tems & des charmans païsages de la Côte. Il est vrai que c'est le plus sot usage du monde d'afecter de la tristesse quand on a mile sujets de rire. Cependant la décence m'engagea à prier mon Gouverneur d'assister aux funerailles, comme à celles d'un compagnon de voiage, & de ne dire à qui que ce fut, que le défunt étoit mari de la belle Veuve que je me chargeois de conduire au Château de sa Tante, d'où nous n'étions qu'à la portée de carabine. Ma Charmante comprenant bien ce que je voulois dire, lui cria comme il alloit joindre le convoi, que nous l'atendrions au Château qu'elle lui montroit du doigt.

Jamais je n'eus plus de plaisir que de donner le bras tête à tête à la belle Veuve, qui entendant sonner les cloches, sentit renouveller la douleur que lui avoit causé le coup fatal qui l'avoit privée de son Epoux.

Je lui aléguai de mon mieux tout ce que mon esprit ingenieux & mon cœur atendri purent me fournir de consolant. Son afliction se modera bientôt, elle me dit qu'au bout du compte ses soupirs & ses gemissemens étoient fort inutiles à son défunt mari. Plût au Ciel, ajoûta-t-elle, pouvoir le faire revivre ! mais vains & insensés désirs ! les morts ne ressuscitent point. Pourquoi faut-il donc que les vivans s'en embarrassent ? Pourquoi remuer leurs cendres aux dépens de notre tranquilité ?

Une partie du tems que nous marchâmes, s'écoula de cette façon, & l'autre se passa en sentimens de tendresse, de confiance & de fidélité. Son cœur déja atendri par le funeste accident, n'avoit pas besoin d'être émû. Je ne lui proposai point de nouvelle passion, je ne lui présentai qu'un nouvel objet. C'est un de ces momens qu'on apelle heureux ; & je vis celui où j'allai toucher à une félicité inesperée, que le cœur de la belle Veuve étoit seule capable d'établir. Me voiant tout près du Château, je la priai de se reposer sous un charmant olivier. Elle me l'acorda de bonne grace, & nous nous assimes sur le gazon. L'ouverture que je fis de ma cassete lui fit monter la rougeur au visage. Sans doute qu'elle fut étonnée de la quantité & de la beauté des bijoux qu'elle y vit. Choisissez, lui dis-je, Madame, ceux que vous trouverez de votre goût, & ne balancez pas à me donner par là une preuve de votre estime, en recevant celle que je vous donne de mon amour respectueux.

Après m'avoir fixement regardé dans un severe silence, elle le rompit enfin pour me demander avec beaucoup de douceur si j'avois bien pensé aux termes qui m'étoient échapés ? Tâchez de vous les rapeller, dit-elle, & rectifiez-les par de sages réflexions : & répondant à l'ofre que je lui faisois, elle me pria de la dispenser de l'accepter. Je ne veux point, genereux Prince, mesuser de votre bon cœur. Gardez vos précieux bijoux dont vous pourrez avoir besoin.

Non non, repliquai-je, Beauté charmante, je n'ai besoin que de votre estime pour être heureux. Ne refusez donc pas mes ofres, si vous voulez m'en donner une preuve : & si mes tendres transports ne me permettent pas de diférer à vous déclarer les sentimens de mon cœur amoureux, ce n'est qu'après les plus serieuses réflexions dont je sois capable. Hé bien ! reprit-elle, si je puis vous satisfaire en acceptant vos présens, je me rends à votre politesse : & prenant un Diamant & deux Pendeloques, en voilà de reste, ajoûta-t-elle, pour vous prouver que je ne vous estime pas moins

que le présent que vous me faites. Elle n'eut pas achevé qu'elle se leva me
priant de poursuivre notre chemin, & que nous aurions le tems de nous
reposer au Château.

Nous gagnâmes bientôt l'avenuë qui y conduisoit, & nous y arrivâmes
sensiblement à la faveur du charmant ombrage qui nous défendoit des
ardeurs du Soleil, mais qui ne fit qu'augmenter celle de mon amour. A
peine nous étions entrés dans la Basse Cour, qu'elle me dit apercevoir
d'assés loin une ancienne femme de charge qui sortoit de la Boulangerie.
Elle étoit placée dans cette partie du Château, ainsi que les autres ofices.

Cette bonne femme s'entendant apeller par son nom, elle vint à nous.
Mais quelle ne fut point sa surprise à la vûë de sa jeune Maîtresse qu'elle
reconnut ? Je crus qu'elle en mourroit de joie. Elle tomba avec une
corbeille de pain dont elle étoit chargée, comme si elle eut été frapée de
la foudre. Nous courûmes à elle, & tirant de ma poche l'huile arabique,
qui étoit mon unique ressource pour les autres & pour moi dans tous les
cas désesperés, je lui en frotai les narines & les lévres. Leur premier éfet
fut de lui faire ouvrir la bouche. Profitant du moment, je lui en fis
prendre une doze qui la rapella à la vie avec la même rapidité qu'elle
étoit tombée dans un état de mort.

Elle reprit l'usage des sens & de la parole : & regardant fixement la
charmante Veuve. J'ai d'abord cru en vous apercevant, lui dit-elle, ma
bonne Maîtresse, que je ne voiois que votre phantôme. La joie & la peur
m'ont fait au même instant des impressions si oposées que j'ai failli d'en
mourir. Helas ! continua-t-elle, beni soit le moment qui vous rend à une
Tante désesperée de votre perte. Elle pleure nuit & jour. Rien n'est
capable de moderer sa douleur. Elle a failli cent fois à suivre son époux,
que le chagrin de vous avoir perduë a couché dans le tombeau.

A mesure qu'elle rassuroit cette femme, j'eus le tems de faire des
réflexions qui ne furent point inutiles. Je conclus avec la belle Veuve qu'il
faloit user avec beaucoup de prudence avant qu'elle ne se présentât à
Madame sa Tante, & prendre certaines mesures pour lui annoncer son
arrivée, de peur que la joie inesperée qu'elle auroit de la revoir, ne lui
causât quelque funeste accident, & peut-être celui dont nous avions été les
témoins sur notre Vaisseau.

Elle avoit trop d'esprit pour ne pas adopter mon raisonnement : &
pour le mettre en œuvre, elle me proposa de préparer moi-même cette

bonne Dame à son arrivée. Je m'en chargeai avec plaisir. Cependant elle entra dans le quartier du Fermier pout atendre que j'eusse disposé sa Tante à la voir sans risque d'éprouver rien de sinistre. Je la quitai pour entrer dans la Cour, où m'étant fait annoncer en qualité d'Etranger, je fus introduit dans l'apartement de la Dame qui achevoit de diner.

Mon compliment ne fut pas long. Outre que je n'étois pas encore initié de cette façon d'agir inutile, génante & ridicule de la fausse politesse, c'est qu'impatient de rejoindre mon adorable Veuve, je ne voulois point emploier le tems à un long verbiage. Je dis donc à Madame la Baronne de Saint Aub... qu'aiant été assés heureux pour me sauver des mains des Barbares avec quelques personnes des deux sexes, qui comme moi gemissoient dans l'esclavage, j'avois eu l'honneur d'y connoître Mademoiselle sa Niéce, qui m'avoit informé de son nom & de sa naissance. Elle m'a chargé, ajoûtai-je, Madame, de vous donner de ses nouvelles : & me trouvant si près de chez vous, je n'ai pas voulu manquer à la promesse que je lui en ai faite.

Ma Niéce, s'écria-t-elle, d'une grande surprise ! ma chere Niéce, grands Dieux ! reprit-elle, hé quoi, vit-elle encore ? Oüi, Madame, repris-je, elle est non-seulement en vie, mais elle joüit même d'une parfaite santé : & si elle ne s'étoit pas trouvée si fatiguée du trajet que nous venons de faire assés heureusement, malgré les orages qui nous ont agités, j'aurois eu l'honneur de l'acompagner chez vous. Je l'ai laissée entre les mains d'un Gentilhomme qui doit l'acompagner jusqu'ici.

Dieux ! s'écria-t-elle, me permettrez-vous de vivre jusqu'à son arrivée ? Ne me priverez-vous pas du plaisir de l'embrasser ? Je ne vous demande que cette faveur pour dédommagement des cuisantes peines que j'ai soufert depuis que vous m'en avez privée.

Tranquilisez-vous, repris-je, Madame, elle ne tardera pas à paroître, le tems est beau, je ne doute point qu'elle n'en profite. L'impatience où elle est de vous revoir, ne lui permettra pas de diférer l'unique plaisir auquel elle aspire.

Je m'aperçûs bien qu'elle étoit tranquile, & qu'elle ne risquoit rien de fâcheux dans l'entrevûë qu'elle auroit avec sa Niéce. Son air serain, ses manieres gracieuses, sa présence d'esprit, toutes ces conjectures [*sic*, pour conjonctures] m'assuroient que le calme étoit rétabli dans son esprit & dans son cœur. Elle me fit aussi-tôt présenter des rafraîchissemens, &

pendant que j'en usois, elle m'entretint d'un air fort gai & très-poli. Je fus très-sensible aux bontés qu'elle me témoigna.

Mon Gouverneur après avoir rendu les derniers devoirs au défunt, étoit déja arrivé au Château. L'objet de ma tendresse l'avoit fait arrêter à la porte par un domestique avec ordre de le conduire dans le quartier du Fermier. Il y avoit bien une heure que je conversois avec Madame la Baronne qu'une de ses femmes étant entrée pour lui parler à l'oreille, me procura la liberté de sortir ; pardonnez-moi, Monsieur, me dit la Dame, si je suis obligée de vous quiter pour aller donner quelques ordres où l'on m'apelle. Je lui répondis que je profiterois de ce moment pour aller au-devant de sa Niéce qui ne pouvoit tarder à arriver : & je sortis pour la joindre où je l'avois laissée.

Je la trouvois entourée de tous les domestiques du Château qui la considéroient avec étonnement. Les uns, les bras croisés sur la poitrine, ne la regardoient qu'avec admiration. D'autres versant des larmes de joie, remercioient le Ciel de leur avoir rendu leur jeune Maîtresse. Tout le monde enfin faisoit des vœux pour sa conservation. Je ne vis personne dont les mouvemens ne me prouvassent qu'elle étoit tendrement aimée, ce qui me confirma dans la juste idée que j'avois conçu de sa belle ame, de son cœur genereux, de son caractere bienfaisant.

Dès qu'elle me vit entrer, voilà, dit-elle, en me désignant à ce petit peuple, voilà mon Liberateur. C'est à ses bontés, à sa pitié & à son heureuse temerité que je suis redevable de ma liberté, & à qui vous devez le plaisir & la joie que vous avez de me revoir. Sentant bien le motif & la fin de ce discours, je lui dis que j'avois depuis long-tems resolu de la délivrer à quelque prix que ce fut, des fers dont elle étoit chargée, & que touché des peines qu'elle soufroit & du chagrin qu'elle avoit de se voir privée de ses parens éloignée de sa Patrie, j'aurois tout sacrifié, ma vie même, pour seconder ses desirs, & que ce que j'avois fait, étoit beaucoup au-dessous de mon zele & de ce qu'elle meritoit.

Ces bonnes gens m'eurent à peine laissé finir, qu'ils se jetterent tous à mes genoux, me marquant l'obligation qu'ils m'avoient de posseder leur aimable Maîtresse, qu'ils craignoient avoir perdu pour toûjours. Ce fut pour moi le plus touchant spectacle que j'eusse vû de ma vie. Je n'étois certainement pas en ocasion d'en voir qui en aprochassent dans le Palais d'Essenie. Les Cours des Grands n'étant point le tragique théatre des malheureux, ne peuvent que dificilement être l'élevement des cœurs tendres & sensibles.

Pour ne manquer à aucune circonstance que la prudence put m'inspirer, je priai un des domestiques d'aller annoncer à Madame l'arrivée de sa Niéce, que j'assurai pouvoir se présenter sans crainte d'aucune fâcheuse suite. Il partit au plus vîte, & nous le suivîmes la belle Veuve & moi, après avoir prévenu mon Gouverneur du parti qu'elle avoit pris de cacher son mariage, dont elle m'avoit mis en main le certificat pour le déchirer. Nous ne fûmes pas au pié des degrés, que nous les vîmes décendre à la bonne Dame qui venoit au-devant de sa Niéce. Autre spectacle bien plus touchant que le premiers [sic], & où je vis les prodigieux éfets de la tendresse qu'inspire le sang, quand il coule d'un bon cœur. Rien ne me fit jamais tant d'impression.

Ces deux personnes s'aprochant l'une de l'autre avec une espece de tendre fureur, se colerent ensemble sans pouvoir se dire un mot. Elles s'embrasserent si étroitement qu'on eut dit qu'elles ne faisoient qu'une seule personne. Des soupirs étoufés dans un air comprimé ne se faisoient que sourdement entendre. Il sembloit, tant elles se serroient, qu'elles tâchassent d'exprimer leurs ames de leur corps pour les unir ensemble. J'en fus émû jusqu'à la défaillance. Mon Gouverneur les larmes aux yeux resta aussi immobile qu'une statuë. Cependant nous nous remîmes pour ne faire atention qu'à la tendresse des Dames : & si nous ne les eussions separées, je ne doute pas que cette touchante scene ne leur eut été funeste.

Je saisis l'aimable & tendre Veuve pour l'arracher des bras de sa Tante, tandis que mon Gouverneur faisoit les mêmes éforts pour les separer. Nous y réussimes enfin ; & notre surprise fut encore très-grande, les voyant s'entre-regarder avec des yeux inondés, les bras abatus & dans des soupirs & des sanglots, qui entrecoupoient les paroles qu'elles vouloient prononcer. Quoique ces diférentes circonstances ne fissent que nous prouver leur mutuelle joie, nous ne laissions pas d'en être veritablement atristés. Pour moi je cragnois que la Reine de mon cœur n'en soufrît, & la crainte que j'avois eu pour la Tante dans cette entrevûë, n'avoit plus que la Niéce pour objet.

Elles revinrent enfin toutes deux de cette espece d'extase ; & après s'être encore embrassées, elles se parlerent & se dirent tout ce que la tendresse put leur fournir. La Tante nous priant de nous asseoir, pardonnez, dit-elle, Messieurs, un excès de tendresse si raisonnable & si naturel. Je sens que l'arrivée de ma chere Niéce va me dédommager des tristes jours que sa captivité m'a fait passer. Ceux que j'ai encore à vivre couleront désormais tranquilement. Au reste, je vous prie, ajoûta-t-elle, de vouloir bien en partager quelque tems la douceur avec nous.

Je vous ai déja prévenuë, ma chere Tante, dit la belle Veuve ; & je m'atens que ces Messieurs se reposeront ici jusqu'à ce qu'ils s'ennuient. Ils ne sauroient y demeurer, ajoûta-t-elle, aussi long-tems que je le desire. Nous répondîmes comme nous devions à ces politesses ; mais mon Gouverneur impatient de revoir sa Patrie, exposa qu'il ne pouvoit absolument se dispenser de partir en deux ou trois jours pour satisfaire une impatience si naturelle. Ses desirs étoient trop justes pour pouvoir raisonnablement les combattre. On lui laissa la liberté ; mais il n'en usa qu'après s'être donné des habits à l'Européenne, auxquels on travailla dès le lendemain. Pour moi j'atendis qu'il fut équipé avant de penser à faire travailler aux habits qu'il me faloit ; & le jour même que le Tailleur vint d'Antibes au Château, nous partîmes pour Toulon mon Gouverneur & moi, afin de vendre quelques pierreries & nous mettre en argent. Il se défit aussi d'une partie de celles dont je lui avois fait présent en reconnoissance de ses bons ofices.

A notre retour au Château de Bart***, nous eûmes le plaisir de voir la gaiété bannir la tristesse que notre départ y avoit causée. Tout n'y respira plus que la joie, & le départ de mon Gouverneur ne fut pas capable d'en interrompre le cours. Les adieux se firent avec beaucoup de tendresse à la verité, mais on étoit content de part & d'autre. Il partit d'un œil sec, & nous le vîmes partir sans aucune émotion.

Je sentis d'abord l'agrément que j'aurois dorénavant de pouvoir entretenir mon adorable sans témoins. Le Château & ses dehors me paroissoient un délicieux séjour. Quel sujet n'avois-je pas de me loüer du Destin pour avoir si bien conduit mes pas & si heureusement combiné les hazards ? C'est en éfet de cette combinaison que dépend l'heureux où [sic] le malheureux sort des hommes.

J'en fis la premiere épreuve un soir que le beau tems nous invita à la promenade. La Baronne qu'un certain âge obligeoit de borner la sienne aux avenuës du Château, permit à sa Niéce de prendre un essor plus étendu, à condition que je l'acompagnerois bien armé, tant son imagination étoit frapée des courses des Pirates. La belle Veuve me parut être au comble de ses desirs ; je ne sais si elle s'aperçut que les miens étoient remplis ; mais nous étions également contens.

Savez-vous, me dit-elle, où je vous mene ? Je lui répondis que je ne m'en embarrassois point, & que je la suivrois par tout avec une aveugle confiance. Vous le saurez bientôt reprit-elle. A peine nous eûmes marché un demi quart d'heure, que nous trouvant au bord de la Mer sur une agréable pelouse, voici, dit-elle, le lieu où je fus faite captive. Lieu charmant comme vous voiez, ajoûta-t-elle, mais qui m'a causé bien des peines.

Elle s'exprima d'un air si touchant, que l'amour qui bouillonnoit dans mon cœur, me fit monter le feu au visage. Ah ! lui dis-je, charmante Beauté, vous y êtes maintenant à l'abri de l'esclavage, & moi j'acheve d'y perdre ma liberté ! que cette perte me seroit douce, si vous vouliez m'assurer que je n'aurai jamais d'autre Patronne que vous ! ne m'exposez donc pas à tomber dans les fers de quelque autre, en brisant vous-mêmes [*sic*] les chaines dont vous me chargez, & que je porterai avec plaisir toute ma vie.

J'aurois continué à lui exprimer les sentimens de mon cœur, si elle ne m'eut interrompu pour me dire qu'il lui paroissoit que je mettois tout à profit ; mais qu'elle n'auroit jamais cru, qu'une femme qu'il avoit vû dans l'esclavage au centre de son Roiaume, & qu'il savoit avoir été entre les bras d'un Epoux esclave tout comme elle, pût être l'objet de ses soins, de son estime, & qui plus est, de son amour. Helas ! repris-je, Souveraine de mon ame & de tout ce qui m'apartient, je n'ai rien vû en votre adorable personne que ce qui a été le plus propre à alumer le feu qui me dévore. Mais quoi, repliqua-t-elle d'un grand serieux, y pensez-vous bien, genereux Prince ? Il y a en tous sens une si prodigieuse distance de vous à moi, qu'il est impossible que je puisse vous aprocher [!] Votre Trône, votre Religion, vos qualités personnelles, tout s'opose au retour que vous doit ma tendresse. Tout conspire contre notre union. Non non, divine Beauté, les Dieux l'autorise & les plus sacrées loix. Je vous aime, qu'avez-vous à faire qu'à m'aimer pour vous égaler à moi ? Quant à la Religion je croi la vôtre aussi bonne que la mienne, nous rendons notre culte au même Etre infini, je vous promets de l'adopter quand il vous plaira.

Elle garda quelque temps le silence, & après avoir jetté un profond soupir, ah ! dit-elle, aimable & tendre Prince, qui pourroit resister à de si beaux sentimens énoncés avec tant de candeur ? Les Dieux m'aiant refusé la force de les combattre, pourroient-ils me blâmer d'y répondre ? Oüi, repris-je, perisse mile fois Anniaba avant d'être parjure ou infidéle. Hé bien ! repartit-elle, comptez donc sur ma constance & ma tendresse éternelle. Vous meritez tout ce dont je vous crois digne, tout ce que je suis, & tout ce dont je suis capable.

Jamais l'Amour ne remporta de si glorieuse victoire. Jamais Amans n'éleverent de si doux trophées à l'Amour. Le Ciel qui en fut lui seul le témoin, sembla aprouver nos feux & confirmer notre union, en répandant dans nos ames ses plus charmantes faveurs.

La nuit qui aprochoit, nous obligea de reprendre le chemin du Château. La Baronne étoit déja rentrée. Nous y arrivâmes peu après cette bonne Dame, qui ne savoit quelles caresses me faire, comme si elle m'avoit obligation de la liberté de sa Niéce, ainsi que sa belle Niéce le lui avoit fait entendre[.] Elle m'en avoit même prévenu, pour que je ne tombasse point en défaut, si l'ocasion se présentoit d'en parler. Que l'Amour est ingenieux ! quels ressorts ne met-il point en mouvement pour arriver à ses charmantes fins.

Le titre de Liberateur de la Niéce que je portois dans la maison, me concilioit également l'estime & l'amitié de la Tante, la bienveillance & le respect des domestiques, l'admiration & les aplaudissemens du voisinage. En faloit-il davantage pour y vivre gracieusement ? Qu'on admire l'esprit des femmes, qui savent aplanir par leur prévoiance les sentiers raboteux qui conduisent au cœur !

J'avois déja passé quinze jours dans cette campagne, dont le Château m'étoit infiniment plus agréable que tous les Palais des Rois. Rien n'y avoit troublé mes plaisirs, tous mes momens étoient agréablement remplis, quand la Noblesse d'alentour commença à me les dérober. Il ne se passoit plus de jour, que quantité de Gentilshommes ne vinssent marquer leur joie à la bonne Tante, & rendre leurs hommages à sa belle Niéce. Si j'en avois encore plus de plaisir que s'ils m'eussent été rendus à moi-même, ce n'étoit pas une petite peine pour moi de ne pouvoir lui ofrir continuellement les miens. Il s'en faloit bien que je me plusse autant dans le Château depuis qu'il étoit si frequenté, que quand j'y joüissois seul de la présence de mon incomparable Maîtresse ; tant il est vrai que la compagnie de l'objet qu'on aime & dont [on] est aimé, renferme tous les plaisirs de la vie. Dans ces dispositions on trouve un délicieux séjour dans le plus afreux desert.

Je ne laissois pourtant pas de la voir seule en plusieurs momens du jour & de la nuit. Nous savions si bien les ménager sans même en être convenus ensemble, que nous nous rencontrions souvent tête à tête, comme si nous nous étions donné le mot. L'Amour est tout yeux & tout oreille ; il devine même ce qu'il y a de plus dificile à dénouer. Il détermine les hazards selon ses loix & à son avantage.

Quelque retour que mon Adorable eut pour ma tendresse, elle ne manquoit aucune ocasion de me demander quelle étoit la fin que je me proposois de toutes les déclarations de mes sentimens passionnés. J'avois beau lui confirmer tous ceux que je lui avois fait connoître, elle m'oposoit toûjours mon Trône & ma Religion.

Je lui repondis enfin, un jour que j'étois seul dans son apartement, que quant à mon Trône, je le lui ofrirois si j'en étois le maître ; que je ne voiois aucun inconvenient qui pût l'en exclure, si je lui donnois la main pour l'y faire monter ; & que pour ma Religion je n'en aurois jamais d'autre que la sienne, non pour lui plaire, mais pour suivre mes lumieres qui me la représentoient bien plus parfaite que la Musulmane dans laquelle j'étois né. Cependant, ajoûtai-je, comme je n'ai point renoncé en quitant ma Patrie, au Trône que les loix & ma naissance me destinent, & que je suis encore moins disposé à m'en priver depuis que j'espere y monter pour regner avec vous, je ne puis encore changer de Religion. Il faudroit pour cela que je me fisse connoître ; & mon changement qu'on ne manqueroit pas d'aprendre en Essenie, pourroit bien m'en faire perdre la Couronne. Tranquilisez-vous donc, conclus-je, sur la parole que je vous donne de vous satisfaire en tout ce que vous pouvez atendre & exiger de moi. Mon amour est trop fort & trop sincere, pour que je puisse vous refuser quelque chose.

Elle me repliqua d'un air touchant que si j'allois à Paris, elle avoit lieu de craindre que mon cœur ne lui fut ravi, & qu'ainsi les esperances dont je la flatois, ne s'évanouissent lorsqu'elle ne joüiroit plus de ma présence. Mais, repris-je, il ne tient qu'à vous, ma Reine, de ne point me perdre de vûë. Si vous m'aimez & si vous croiez que je vous aime, vous ne devez pas vous faire une peine de me suivre.

Helas ! repartit-elle, puis-je le faire sans donner ateinte à ma gloire ? Suis-je assés sûre de votre cœur pour m'autoriser à faire cette démarche [?] Ah Dieux ! continua-t-elle, retirez-moi de ma perplexité. Inspirez-moi une resolution, qui ménage tout à la fois & mon honneur & mon amour. Le Ciel vous parle par ma bouche, lui dis-je. Vous pouvez recevoir dès ce moment mon cœur & ma main : & quand le tems sera venu de ratifier notre union, ne craignez point que je balance à exécuter toutes mes promesses. C'en est assés, dit-elle, pour que je me détermine à consentir aux desseins du Ciel. Hé bien ! puisque vous me promettez de soutenir avec une constante fidélité, ce que vous avancez avec tant de candeur, qu'il soit l'auguste témoin de l'acord que je vous fais de ma main, puisqu'il a aprouvé que je vous aie donné mon cœur [!] Je suis resoluë de suivre vore sort. Le mien sera toûjours heureux tant que vous me serez fidéle. Il faut pourtant, ajoûta-t-elle, préparer ma Tante à la sensible épreuve où la mettra mon éloignement. Je crains que cette separation ne lui coûte encore plus cher que mon esclavage. Laissons faire l'Amour, lui dis-je, ma Reine. Il ne peut que nous rendre heureux, tandis que nous lui serons fidéles. Prenez toûjours de justes mesures pour obtenir le consentement de Madame votre Tante : & pour qu'elle réussit plus aisément, je lui conseillai de lui aprendre qui j'étois, de lui faire confidence de la quantité prodigieuse de bijoux que j'avois, & de les lui faire même voir pour la mieux séduire. Peut-être, ajoûtai-je, que tant de brillant l'ébloüira. Elle convint que du moins il seroit capable d'en éblöuir bien d'autres. Je souhaite, ajoûta-t-elle, qu'elle augmente le prodigieux nombre de femmes qui s'y laissent prendre.

Apres cette conversation, la plus agréable de ma vie, elle me quita pour aller auprès de Madame la Baronne qui étoit au lit. Soit qu'elle eut été fatiguée de la complaisante politesse qu'elle avoit euë pour la frequente & nombreuse compagnie qu'elle recevoit depuis quelques jours, ou que la joie de revoir sa Niéce, lui eut altéré le sang & les esprits, elle ne se trouvoit pas bien depuis le soir précedent ; mais il ne paroissoit pas que son incommodité pût avoir de fâcheuses suites. La compagnie de l'un & de l'autre sexe, étoit malgré son état également bien reçûë. Deux Gentilshommes des plus voisins du Château, qui étoient venus pour y passer trois jours, m'aiant proposé une partie de chasse, nous partîmes après avoir déjeûné, nos chassâmes tout le jour qui fut aussi heureux que beau, & nous ne rentrâmes au Château qu'après Soleil couché.

Mais quelle ne fut point ma surprise, lorsqu'entrant dans la Basse-Cour, je vis trois ou quatre domestiques qui fondoient en larmes ? Leur en aiant demandé le sujet, ils me dirent que la Baronne étoit à l'agonie, & qu'on lui adminstroit actuellement les derniers Sacremens.

Je montai avec précipitation dans son apartement, où la premiere personne que je rencontrai fut la Reine de mon cœur, que l'afliction avoit déja tellement défigurée, qu'elle n'étoit presque pas connoissable. Ah ! me dit-elle, je vais perdre ma bonne Tante. Je crains que ma présence que je croiois être propre à lui prolonger les jours, ne les ait abregés. Une joie excessive peut aussi-bien faire perdre la vie, qu'un excès de tristesse.

Les motifs de consolation ne me manquerent pas en cette ocasion. Je l'assurai qu'elle ne mourroit pas, ou que son mal seroit absolument sans remede. Elle me repondit que trois Medecins des plus en reputation, qu'on avoit apellés dès le matin, l'avoient condamnée à la mort sans ressource, & qu'ils en avoient fixé le fatal moment à dix heures avant minuit. Oh ma chere Reine, repris-je, les arrêts des medecins sont si frivoles, que vous ne devez point y ajoûter foi.

On voit des miliers d'hommes, qui malgré leurs temeraires sentences, vivent encore ; & les Cimetieres sont peuplés d'autant d'autres qui ont perdu la vie au moment même qu'ils leur donnoient de vaines assurances de recouvrer la santé & d'en joüir long-tems : & continuant mon chemin vers le lit de la malade, environné de ces trois oracles de foibles credules, suivez-moi, lui dis-je, belle afligée, & vous verrez le prompt & salutaire éfet que vous avez éprouvé.

Je m'aprochai du lit plein de confiance de guerir la malade, si elle étoit encore en état de prendre quelques goûtes de mon huile arabique. Mais voiant qu'elle avoit les dents serrées, & que le ralement annonçoit sa mort, je me pressai de lui en mettre quelques goutes sur les levres & dans les narines. Ce premier essai lui desserra les dents, lui fit ouvrir les yeux, & surprit étonnanment les Medecins. Eh bien ! leur dis-je, Messieurs, puis-je sans conséquence donner ma liqueur à Madame, puis que vous en désesperez. Ils me repondirent hardiment & d'un air *rebarbaratif* [sic], que tout ce que je pourrois lui présenter ne lui feroit pas plus *qu'un cautére sur une jambe de bois.*

J'avoue que leur ton assuré ou plutôt insolent me déconcerta, & que si je n'avois pas eu mile experiences de mon remede en pareils cas, je n'aurois jamais eu l'assurance de le donner à la malade. Mais autant piqué de leur temerité, que touché de son dangereux état, je versai de mon huile dans une doze de vin genereux & je la lui fis avaler. A peine ce remede fut-il décendu dans son estomac, qu'une couleur vermeille & naturelle éfaça la pâleur mortelle qui couvroit son visage. Ses yeux se ranimerent, la parole lui revint avec l'usage de tous ses sens ; en un mot elle avoua se trouver si bien, que les Medecins virent tomber leur pronostic, ce qui me confirma de plus en plus dans la juste idée que j'avois des vertus de mon remede.

Quelque propre que fut à me flater la victoire que je venois de remporter sur les Medecins & sur la maladie de la Baronne, rien n'égaloit le plaisir que je ressentois d'en avoir fait un des plus sensibles à la Souveraine de mon cœur, en rendant la vie à sa chere Tante qu'elle aimoit uniquement. La reconnoissance qu'elle m'en témoigna en des termes les plus touchans, me toucha moi-même, me ravit, m'enchanta. Celle de la convalescente qui continuoit de prendre mes goûtes pour se rétablir, ne me fut bien marquée à mon goût, que quand le plus heureux de tous les momens la vit m'acorder sa Niéce, comme si elle me la devoit par tous les titres du monde. Ce ne fut du moins qu'au salutaire éfet de mon remede que je me crus redevable de la derniere main qu'elle mit à ma félicité[.]

Il est vrai que le trésor considerable que je possedois & que ma cassete renfermoit, étoit très propre à inspirer une pareille conduite. Quant à la Couronne que j'atendois, elle pouvoit bien influer à son consentement. Mais elle ne m'en paroissoit pas beaucoup touchée. Le changement de ma Religion étoit ce qu'elle avoit le plus à cœur.

Tout secondoit mes vœux. Rien ne paroissoit s'oposer à ma felicité jusqu'au jour que nous en aprimes le retardement par la mort d'une sœur de ma Reine. Elle fut obligée de faire un voiage à Castelane sa Ville natale pour y regler avec une autre sœur le partage de la succession. Mais que ce délai me fut agréable puis qu'il levoit le plus grand obstacle qui auroit pu faire échouer notre dessein. Elle partit seule ne jugeant pas à propos que je l'acompagnasse. Elle me fit sentir avant son départ que n'aiant plus que sa Tante à ménager je devois lui faire compagnie pour fomenter sans afectation le penchant qu'elle avoit à me rendre heureux. L'amour qu'elle me confirma en partant, satisfit pleinement celui qui me consumoit.

Son absence qui ne fut que de quinze jours, ne laissa pas de me paroître très-longue. Les heures sont des années quand on est loin de ce qu'on aime. Je me trouvai neanmoins agréablement dédommagé par l'affection que me témoignoit la Baronne ; & je n'éprouvai jamais mieux qu'alors que la possession cede en agrémens à l'esperance. Je passois le tems à la promenade & à la chasse autant que ma complaisance pour la Baronne pouvoit me le permettre. Ces deux exercices étoient favorables au plaisir que j'avois de rever au charmant objet de mes afections. La compagnie même où j'étois quelquefois obligé de me trouver, n'étoit pas capable de m'en distraire.

Un jour que nous nous trouvâmes seuls au Château Madame & moi, elle me demanda le bras pour l'acompagner a [sic] la promenade. Elle fit si bien que sans m'en apercevoir elle me mena par des chemins détournés sur la pelouse où sa Niéce avoit été enlevée par les Pirates. Ce n'est seulement pas aujourd'hui, me dit-elle, que vous connoissez ce lieu fatal à ma Niéce. Elle vous a l'obligation de l'avoir revû avec autant de plaisir qu'il lui a causé de peines. Je sais que vous lui avez donné des preuves de votre estime & même de votre amour ; elle m'en a fait voir une partie, & j'ai deviné le reste. Parlez-moi avec candeur, mon cher Monsieur, car elle ne m'a caché votre Religion, que jusqu'au moment de son départ, & dites-moi franchement si vous êtes resolu de lui sacrifier vos erreurs à la verité qu'elle professe, à son amour & de changer de Religion. Dès que vous aurez consenti à ce seul point, ajoûta-t-elle, vous pouvez compter que tous les obstacles sont levés, & que ma Niéce est à vous.

On doit bien s'imaginer qu'aimant ma tendre Maîtresse, que je regardois déja comme mon Epouse, je ne fus point embarrassé de répondre à l'ouverture que me faisoit la Baronne, de qui elle dépendoit alors uniquement. Je la laissai donc dans le préjugé favorable où elle étoit que sa Niéce me devoit sa liberté, & je lui promis de soûtenir toûjours avec constancè ce que j'avois fait pour elle par amour. Elle est digne de tous les cœurs, lui dis-je, Madame ; le mien ne sauroit lui être ravi. Je voudrois que le Destin me conduisit au Trône, elle le partageroit avec moi. Quant à ma Religion, ajoûtai-je, je suis disposé à l'abjurer, parce que j'en connois l'imposture. Je suis pourtant charmé que le changement que je me propose, lui fasse plaisir & à vous Madame ; mais il faut en ménager le moment.

Mais quoi, reprit-elle, ne pourriez-vous pas faire ici cette heroïque démarche ? Elle continua, me disant qu'elle connoissoit particulierement l'Evêque de Toulon, Prélat aussi sage qu'éclairé ; que je ne saurois mieux faire que de me ranger sous sa discipline, & qu'elle étoit caution qu'en moins d'un mois il me feroit Chrétien & Epoux de sa Niéce.

Malgré l'envie que j'avois d'être l'un & l'autre, je ne pouvois pour des raisons de politique embrasser si-tôt le Christianisme. Les Negocians de la Province où j'étois, frequentoient trop l'Afrique, pour que mon changement n'y fut bientôt divulgué : & le Roi mon Pere n'auroit pas manqué à m'exclure du Trône. Je lui fis sentir ces raisons ; & j'eus le plaisir de les lui voir adopter. Elle convint même qu'il faloit s'en tenir au préjugé où l'on avoit mis toute la Province, qui croioit que j'étois un Gentilhomme Italien qui m'étois sauvé de l'esclavage, où aiant été en faveur auprès d'une Sultane d'Essenie, j'avois eu la prudence d'amasser des bijoux considerables. Tel étoit en éfet le bruit public. C'est ainsi que tout concouroit à la felicité que j'atendois de la possession de la charmante & vertueuse Dalo...

Cette conversation qui remplit tout le tems de notre promenade, nous ramena insensiblement au Château. Nous trouvant seuls à souper, je fus charmé de n'être point obligé de tenir longue table. Madame la Baronne se couchant de bonne heure, me laissa la liberté de me retirer dans ma chambre, où j'allai me repaître du bonheur inexprimable auquel je touchois. A peine je fus livré à une douce rêverie, acoudé sur la table, que j'aperçus une boëte de chagrin piquée de cloux d'or. La curiosité ne manqua pas de m'exciter a l'ouvrir. Elle fut agreablement satisfaite y trouvant le portrait de ma Reine & le mien en ivoire dans un cadre enrichi de diamans dont je lui avoit fait présent. Elle y étoit peinte en esclave foulant aux piés ses fers, & me présentant un cœur enchainé d'une chaine dont le premier chainon étoit ataché à mon estomac avec cette devise, *Mes fers étoient durs, mais ma chaine est douce.* Dieux ! m'écriai-je, voulez-vous donc me faire mourir de plaisir hors des bras de mon adorable?

J'avouë n'avoir de ma vie goûté de plaisir plus pur. Ma plume n'est pas assés éloquente pour en donner une foible idée. Je passai la plus grande partie de la nuit à reflechir à mon heureux sort. Il me parut si charmant que je ne l'eusse point changé avec les plus brillantes couronnes. Le sommeil ne laissa pas de me saisir, mais mes agréables reflexions n'en furent point interrompuës. Je m'éveillai plongé dans le même océan de douceurs.

La politesse soutenuë de l'intêret [*sic*] me conduisirent à mon lever dans l'apartement de la Baronne, croiant la trouver seule pour lui faire ma cour. Je fus très-surpris en entrant d'y voir un jeune-homme de très-bonne mine qui s'entretenoit fort serieusement avec elle. Un coup de poignard n'auroit pas plus sensiblement frapé mon cœur que ce coup d'œil. Je refermai aussi-tôt la porte sur moi, sans qu'on me dit mot : & faisant réflexion sur ce silence, je le crus de mauvais augure pour ma felicité : & l'amour qui n'est jamais soupçonneux sans fondement, me fit craindre qu'elle ne me fut ravie par ce formidable rival.

Mon idée ne fut pas long-tems sans être éclaircie. La Femme de Chambre de la Baronne me rencontrant comme j'entrois dans le jardin, satisfit ma curiosité sans me retirer de mon inquietude. Elle ne m'éclaircit que pour m'alarmer. Avez-vous vû Madame, me dit-telle [*sic*] ? je lui repondis que je lui aurois souhaité le bonjour, si elle n'eut été en compagnie ; mais qu'aiant ouvert la porte de son apartement, j'y avois vû un jeune Cavalier & que la discretion ne m'avoit point permis de passer outre. Vous l'avez donc vû, reprit-elle. C'est, continua-t-elle, le Baron de Lasc... Gentilhomme de Nice qui recherche Mlle... Dalo... en mariage. Je crois même qu'il vient en faire la demande, & qu'il est lui-même le médiateur & l'ambassadeur de son amour. Elle ajoûta qu'il étoit très-riche, qu'elle ne doutoit pas que la Demoiselle ne lui fut acordée, & que je devois diferer mon départ après la nôce. Mais elle prononçoit bien & elle concluoit mal. Elle ne savoit pas ce qui se passoit dans nos cœurs, & qu'elle étoit déja ma femme aux yeux de Dieu.

Lui aiant répondu par un souris un peu forcé, je continuai mon chemin, & m'étant enfoncé dans une charmille, j'y fremis de ce que je venois de voir & d'entendre. Je laisse à penser à combien de tristes idées je ne fus point livré [!] cependant après avoir pesé le pour & le contre de mes prétentions, j'eus tout le sujet possible de ne pas perdre esperance. Les engagemens que ma Reine avoit pris avec moi, me soûtenoient beaucoup plus, que l'idée de la possibilité de son changement n'étoit capable de m'alarmer. J'étois amoureux, mais la maison portoit devant moi son flambeau.

Après m'être assés long-tems promené dans mes inquietantes reflexions, je pris enfin le parti de me rassurer en me confirmant la possession d'un cœur que je crus à l'épreuve des ateintes des plus dangereux rivaux : & me rapellant que je n'avois pas encore vû la Baronne, je ne balançai point à me rendre dans son apartement. J'y trouvai toûjours le Gentilhomme dont je viens de parler. Quelque indiscret & impoli que j'eusse dû paroître, je ne laissai pas d'entrer & de faire mon compliment à la Dame, après avoir salué le Cavalier. Il parut surpris : & je compris à l'altération de son visage que ma présence ne lui causoit pas moins d'alarmes, que la femme m'en avoit donné ; mais la Baronne qui ne fut du tout point émuë, me traita aussi gracieusement qu'à l'ordinaire.

J'en eus bon augure. Mon cœur se tranquilisa ; & je me proposai de tacher à rebuter le Cavalier, par la bonne contenance que je me resolus de faire paroître. Je débutai par m'informer si elle n'avoit point reçu des nouvelles de Mademoiselle sa Niéce ? M'aiant répondu qu'elle n'en atendoit que par elle-même au premier jour, je l'en felicitai, lui disant que sa présence étoit la plus agréable qu'elle pût nous donner. Le Cavalier sur qui j'avois toûjours les yeux, pâlit du ton assuré avec lequel je parlois. J'en fus charmé. L'amour soupçonneux adopte les plus petites minucies, quand elles ont un certain air de vengeance. Je n'avois point idée d'avoir vû ce Gentilhomme dans le Château ; mais je me doutai que c'étoit un de ceux qui étoient venus la feliciter de la liberté un jour que j'étois à la chasse, & dont ma Reine m'avoit parlé comme d'un amant qui lui avoit fait hommage de son cœur.

L'heure vint que la Baronne devoit s'habiller. Sa Femme de chambre étant entrée, la discretion ne nous permit point à l'Etranger & à moi de demeurer plus long-tems dans son apartement. Nous en sortimes ensemble pour aller nous promener dans une avenuë du Château, où j'afectai de le mener. C'étoit une Alée de haute futaie plantée sur une éminence d'où l'on découvroit sans aucun obstacle, la mer, le rivage, la pelouse où ma Reine avoit été faite esclave & ravi pour toûjours ma liberté. Je montrai cette pelouse au Baron pour avoir lieu de l'entretenir de la capitivité de mon adorable. Je m'étendis beaucoup sur les peines & le chagrin qu'elle y avoit essuiés ; & pour établir mes esperances sur les ruines de celles qu'il avoit conçuës, je lui insinuai par des détours ambigus qu'elle m'étoit redevable du calme dont elle alloit joüir le reste de ses jours. J'ajoûtai pour le désesperer, que sa reconnoissance étoit au moins égale à mon zele & un monument autentique de la confiance dont elle m'avoit honnoré, & du courage qui m'en avoit rendu digne.

Il ne put s'empêcher de m'aplaudir ; mais je sentis malgré lui qu'il ne le faisoit que du bout des levres, & certainement son cœur n'agissoit pas de concert avec sa bouche. Je vis même qu'il enrageoit dans son ame, lorsqu'il ajoûta qu'on étoit à plaindre, quand on en vouloit à un cœur si fortement engagé. Je vous trouve, dit-il, le plus heureux des hommes d'avoir eu l'ocasion de meriter la tendre reconnoissance de Mademoiselle Dalo... quelque merite que vous aiez, j'aurois sans doute été digne du même recours, si j'eusse été à même de lui rendre les bons ofices qu'elle a reçus de votre generosité.

Après cette politesse qu'il me fit de la meilleure grace du monde, il m'avoüa qu'il s'étoit proposé de la demander en mariage ; mais qu'il se retireroit après-diné sans faire cette inutile démarche, & qu'il tâcheroit d'étoufer son amour, dans la recherche de quelque objet capable de le dédommager de la privation de la belle personne, qui lui paroissoit avoir pris avec moi & avec beaucoup de justice de si serieux engagemens. Ah ! que n'a-t-il toûjours soutenu ces sentimens ? Ma felicité en auroit été bien moins troublée.

Charmé d'avoir réussi dans mon dessein, je continuai ma promenade avec lui, jusqu'à ce qu'un domestique vint nous dire que Madame étoit décendue dans la Sale. Nous nous y rendîmes pour lui faire compagnie. La conversation fut assés indiférente : & le diné qui fut aussi-tôt servi, nous fit naître des sujets plus interessans. En un mot, ni la Baronne, ni l'Etranger ne parlerent de près ni de loin de ma charmante Reine. A peine on eut desservi, que sans laisser apercevoir le peu de satisfaction qu'il avoit de sa visite, il prit congé. Je l'acompagnai pour le voir monter à cheval. Adieu Monsieur, me dit-il, joüissez de votre conquête, & plaignez-moi de vous avoir trouvé dans mon chemin.

Si jamais j'eus le cœur content, ce fut en cette ocasion où mon amour triompha à l'aide de mon imposture, mais qu'importe par quels moiens on éloigne des Rivaux, quand on aime sincerement, & lors qu'on se propose une fin legitime ! J'étois dans ces dispositions. Pourquoi me reprocherois-je d'avoir en quelque façon alteré les loix de la probité ? Le cas où je me trouvois ne me rangeoit-il pas dans l'exception de la regle [?]

Je passai sans inquietude le tems de l'absence de la Souveraine sur le bon augure que je tirois de la victoire que j'avois remportée sur mon Rival. Elle n'en étoit pas moins flateuse, quoi que j'eusse si peu combatu. Je crois l'industrie, la fiction & la ruse aussi permises dans l'Ile de Citere que dans le Champ de Mars ; & l'on n'en est pas moins Heros, quand avec leur secours on défait son ennemi.

L'aimable objet qui m'ocupoit nuit & jour, revint enfin au moment qu'on l'atendoit le moins. Je me trouvai à propos au couché de Soleil dans l'avenuë par où elle arriva. Il eut été malheureux pour moi de ne pas m'y trouver à son arrivée, j'aurois été privé du fruit de ma vigilance ; car je ne manquois pas de m'y trouver tous les après-midi & tous les soirs dans l'esperance où j'étois de la voir arriver.

Il vint donc enfin cet agréable moment, où je l'aperçus d'assés loin à l'entrée de l'avenuë. Elle étoit dans une chaise, dont le devant étoit entierement ouvert, quoi que je ne pusse discerner ses traits, je ne laissai pas de conclure que c'étoit elle-même, en reconnoissant le domestique qui l'acompagnoit. L'Amour qui me donna des aîles, me la fit joindre à l'instant. Elle ne diféra pas à décendre de sa voiture, dès qu'elle m'eut aperçu. Elle y laissa une jeune Demoiselle d'environ douze ans. Notre entrevûë fut des plus tendres. Quelque violent que fut notre amour, il sembloit que l'absence lui eut donné une nouvelle ardeur. Nous nous donnâmes des assurances que rien ne seroit capable de l'alterer. Me voici, dit-elle, à la fin de mes peines. Je suis présentement ma maîtresse. Prenez donc, mon cher Prince, la possession irrevocable d'un cœur qui vous doit toutes ses afections.

Je comptois l'avoir déja, lui répondis-je, ma chere Reine ; & je ne regarde la nouvelle assurance que vous m'en donnez, que comme une

confirmation des droits que vous m'y avez donné : & après lui avoir
avoüé que je la croiois assés maîtresse de son sort depuis la mort de son
Epoux, je lui dis que je n'avois pas douté un seul moment de la promesse
qu'elle m'avoit faite de l'unir au mien. Cette tendre conversation nous
aiant conduit au Château, je remis à un autre tems à l'entretenir de la
tentative qu'on avoit fait de me la ravir.

Son arrivée ramena la joie dans la maison. La bonne compagnie qui y
étoit devenuë plus rare depuis son absence, s'y rendit plus fréquemment ;
mais nous nous mîmes sur le pié ma Reine & moi de nous en éloigner
sans beaucoup de façons, quand le plaisir de nous entretenir tête à tête
nous inspiroit. Je ne manquai point au premier que nous eûmes, de lui
aprendre le nom de mon Rival, le personnage qu'il avoit joüé, celui que
j'avois fait pour le rebuter, & enfin la victoire qu'il m'avoit laissée par sa
retraite précipitée. Je l'entretins de la conversation que j'avois euë avec sa
bonne Tante sur la pelouse, où elle m'avoit adroitement conduit, pour me
rapeller le moment qu'elle y avoit perdu sa chere Niéce, afin d'avoir
ocasion de me remercier de lui avoir procuré la liberté, comme si elle
m'en eut éfectivement été redevable. Je lui rendis compte en un mot de
tous les entretiens que j'avois eu avec la bonne Dame, qui à ma Religion
près croioit me devoir sa Niéce ; & je conclus qu'il étoit tems de mettre
le sceau à notre tendre union. Nous ne trouverons jamais, ajoûtai-je, un
tems plus favorable. Votre Tante y est parfaitement bien disposée. Nous
pouvons partir pour Paris, sans que vos Voisins aient lieu de s'en
formaliser. Vous avez le plausible prétexte d'y aller travailler à
l'arrangement des afaires de votre Famille. Tout concourt à notre
felicité. Elle est entre nos mains. Qu'il ne tienne pas à nous de n'en pas
joüir [!]

Après m'avoir fait ratifier toutes les promesses que je lui avois faites,
elle se livra à mes amoureux desseins. Nous prîmes nos mesures pour
obtenir le consentement de Madame sa Tante, qui nous le donna sans
peine, & même avec plaisir. Ma Reine écrivit à Madame sa Sœur, qu'elle
amenoit sa fille à Paris, sous prétexte des afaires qu'elle y avoit,
l'assurant d'avoir soin de l'éducation de cette belle enfant : & nous
partîmes sans prendre congé du voisinage. Elle avoit trop d'esprit pour se
rendre dépendante de qui que ce fut.

O fortuné d'Anniaba ! me disois-je à moi-même ; que le Destin t'est favorable ! étoit-il en éfet un plus heureux sort que le mien ? Etre inconnu à touté l'Europe hors à ma tendre Dalo... qui en étoit la plus aimable personne ; posseder le charmant objet de mon sincere & fidele amour ; être en état de remplir ses desirs, de flater son ambition[.] Quoi de plus flateur ? Non je ne pensois ni à ma Patrie, ni au Trône qui m'étoit destiné, que pour lui en faire hommage. Rien ne me touchoit que le desir de la rendre heureuse. Telles étoient les dispositions de mon cœur. Elles sont encore & seront toûjours les mêmes. Hé ! pourrois-je sans une noire ingratitude avoir d'autres sentimens, puisqu'elle m'a mis le sceptre en main, & qu'elle a couronné ma tête & mon amour.

Dés notre arrivée à Aix nous renvoiâmes l'équipage de la bonne Tante, auquel je joignis des présens & des habits convenables à son âge. Ce fut la Reine de mon cœur qui les choisit à son goût. Il nous falut séjourner en cette Ville jusqu'à ce que nous eussions tout ce qui étoit necessaire pour notre voiage. Cependant ma Reine, que je nommerai désormais mon Epouse, prit une Femme de chambre, un Laquais & un Postillon. Ces Domestiques nous sufisoient jusqu'à Paris, où j'en augmentai le nombre d'un Cocher, d'un second Laquais, d'un Palfrenier & d'une Cuisiniere. Nous fimes la route si distraits de tout hors de notre amour, qu'à peine nous nous aperçumes de la pluie, du vent & de l'orage qui nous acompagnerent jusqu'à Paris. J'y pris à mon arrivée un apartement garni de l'Hôtel de Toulouse. Mon Epouse pourvut à tout avec une prévoiance sans pareille. Elle se chargea du ménage malgré moi. Je n'avois rien à faire qu'à l'aimer & à recevoir ses caresses. Ce calme étoit trop heureux pour qu'il ne fut point troublé.

Me voiant désœuvré dans mon plus bel âge, elle me fit sentir qu'il étoit à propos que j'entrasse dans les Mousquetaires Gris pour y faire les exercices auxquels s'ocupoient la Noblesse Françoise. Je goûtai ses raisons ; & m'étant présenté, je fus reçu sous le nom & la qualité du Marquis d'Outremer. Mon humeur m'y procura d'abord autant d'amis que de camarades. Ils trouvoient toûjours notre apartement ouvert & une table délicate & bien servie. Mon Epouse en faisoit les honneurs. Elle y ajoûtoit de nouveaux charmes. C'en est assés à Paris pour y être bientôt connu. J'avois un équipage leste & de bon goût, & la premiere fois que je passai en revûë devant Louïs-le-Grand, vingt chevaux de main des plus beaux & des mieux harnachés m'y firent regarder avec distinction.

Outre mon état de Mousquetaire & la bonne table que je tenois, mon Epouse étoit assés belle & engageante pour atirer chez moi ce qu'il y avoit de plus galant. Je l'aimois assés pour être ravi de ses plaisirs, mais j'étois persuadé qu'elle n'en goûtoit de purs qu'avec moi. Ils ne furent mêlés d'aucune amertume pendant les deux premieres années, qui ne nous aiant point donné d'enfans, ne nous virent ocupés que de nos plaisirs & de l'éducation de notre jeune Niéce, qui commençant à se former, fit éclore des appas qu'on trouve rarement dans une jeune fille de treize à quatorze ans. Mais pouvoit-elle avoir quelqu'un auprès d'elle qui la cultivât mieux que sa Tante ? Il étoit tems de veiller à sa conduite dans cette grande Ville, où les jeunes cœurs se laissent aisement surprendre. Les pieges y sont fort épais semés, & ceux qui les tendent sont en si grand nombre, que la plus sage circonspection ne peut souvent empêcher d'y être pris. Il n'y a que la severe vertu & le défaut d'ocasions, qui puissent en mettre à l'abri. Helas ! que ma précaution auroit bien dû prendre soin d'un objet qui me touchoit de plus près *!*

Je ne pensois qu'à joüir des faveurs du Destin, & je m'endormois, pour ainsi dire, sur les mirthes qu'Amour avoit lui-même cultivés, lorsque je reçus un revers des plus éprouvans. Un Mousquetaire de mes amis, mon Epouse & moi aiant fait partie de nous promener dans le Bois de Boulogne, nous décendîmes du carrosse dans une grande alée pour aler joüir de la fraîcheur dans l'épaisseur du feüillage. Nous n'y fumes pas entrés, que nous nous vîmes ataqués pas deux Cavaliers, qui sans nous rien dire, vinrent brusquement sur nous l'épée à la main. Mon ami & moi ne pensant qu'à faire face à nos ennemis, ne nous aperçûmes point de ce qui se passoit derriere nous. Ils afecterent de se battre en retraite, pour nous éloigner davantage de mon Epouse. Nous secondâmes malheureuse-ment leur dessein, & tandis que nous les poussions vivement dans un chemin de chasse qui nous ôtoit la vûë de l'alée, fatal moment où ma Reine, mon Adorable, mon Tout fut perdu pour moi ! ma tendre Epouse, me fut enlevée, je fus blessé au bras & au corps, & mes blessures me mirent hors de combat.

Nos ennemis n'en demandant pas davantage, se retirent & me laissent entre les bras de mon ami ; mais plus atentif à mon Epouse qu'à moi-même, je le priai de lui donner du secours : & me relevant avec plus de courage que ma situation permettoit, je rejoignis avec beaucoup de peine mon ami, que je trouvai avec mon Cocher & mon Laquais qui n'avoient vû sortir personne du Bois.

Ce malheureux moment me fit paier bien cher l'heureux tems que j'avois passé jusqu'alors. Mais la fortune m'avoit assés long-tems soutenu au sommet de son inconstante roüe. Pouvois-je m'atendre à autre chose qu'à ma chûte ? On a beau joüir tranquilement de ses faveurs, il faut necessairement éprouver ses disgraces. La chûte qu'on fait étant précipitée, est bien plus sensible que l'élévation, qui se faisant avec beaucoup de lenteur, ne laisse presque pas apercevoir ses changemens. Telle est la conduite de cette traitresse Divinité. Elle prépare des peines au moment même qu'elle assaisonne les plaisirs. Je sais bien que je n'en ai senti de si rude coup de ma vie. J'aurois peut-être pû en ce tems-là en donner une idée, mais la possession où je suis encore de mon Epouse l'a entierement éfacé.

Nous n'eûmes donc mon ami & moi d'autre parti à prendre, que de nous retirer de ce lugubre Bois, où malgré les gracieuses assises que l'Amour y tient pour bien d'autres, je n'éprouvai que ses rigueurs. On m'aida à monter dans mon Carrosse. Mes blessures y furent bandées & le Cocher nous ramena au Logis le plus doucement qu'il lui fut possible. Quelque abatu que je fusse, mon acablement fut excessif, voiant notre tendre Niéce par un juste pressentiment jetter des cris lamentables, dès qu'elle m'eut aperçû. Ce spectacle touchant me fit plus d'impression que la perte de mon sang. J'en fus renversé : & si l'on ne m'eut donné de prompts & puissans secours, l'on ne m'eut relevé que pour me coucher dans le cercueil.

Le Ciel voulut sans doute me retirer du profond assoupissement dans lequel j'étois sur le changement que j'avois promis à mon Epouse. Il ne pouvoit mieux réussir que par ce terrible coup à me faire ressouvenir du salutaire dessein que j'avois négligé. J'en avois de jour en jour l'exécution. Envain ma sage Epouse me rapelloit ma promesse avec une douceur sans égale ; envain elle m'avoit fait entendre comme par hazard, des Docteurs éclairés, & procuré sans afectation des ocasions à m'instruire & à m'édifier, je n'en avois point profité ; & chose rare chez une femme ! elle ne m'en avoit jamais fait aucun reproche.

Cependant quelque convaincu que je fusse de sa fidélité, je ne pouvois digerer qu'elle m'eut été ravie sans sa participation. Eh ! peut-on ne pas se livrer aux soupçons jaloux dans une ocasion si chatouilleuse ? J'avois beau néanmoins éplucher sa conduite, rien ne l'acusoit. Tout me parloit en sa faveur : je me fixois à croire que son enlevement étoit l'ouvrage d'une brutale fureur. Mais de découvrir ni même soupçonner le Ravisseur, c'est ce qui m'étoit impossible. Je fis des perquisitions ; je passai en revûë, pour ainsi dire, tous ceux qui fréquentoient ma maison ; je questionnai finement tous mes domestiques ; toutes ces précautions furent inutiles. Elles ne me donnerent aucun indice contre mon Epouse. J'en trouvai même un très-favorable à son innocence, lorsqu'aiant ouvert une armoire où étoit ma précieuse cassete, qui renfermoit tous mes trésors il n'y manquoit pas un seul bijou. Ceux même dont elle se paroit, étoient dans une boëte de sa toilete. Je conclus donc en sa faveur. Mon amour en fut plus enflâmé que jamais, & j'en devins plus malheureux.

Que fais-je, me disois-je à moi-même, si le délai de mon Bâtême ne l'a point rebutée ! Lui aiant manqué de parole dans ce point qu'elle avoit si fort à cœur, n'a-t-elle pas douté de la sincerité de mes sentimens, de la constance de mon amour, de la candeur de mon cœur, en un mot, de ma droiture & de ma probité ? S'il est ainsi, pourquoi ne se seroit-elle pas confiée à quelque homme d'honneur qui me l'eut ravie pour la rendre à sa Famille. Ces réflexions m'acabloient ; mais elles ne décidoient de rien. Elles me laisserent dans une inquiétante perplexité. Ah que je paiai chérement les plaisirs dont je m'étois enivré, sans penser à les rendre durables en devenant fidéle à ma parole !

Ne voulant donc rien avoir à me reprocher je pris la resolution de me faire instruire. Quelques jours après l'enlevement de ma femme, étant guéri de mes blessures & me trouvant assés de liberté d'esprit je m'adressai à un Eclesiastique de l'Oratoire à Paris, qui plein de zéle voulut bien avoir la charité de se charger du penible fardeau de mon instruction. Cependant j'écrivis plusieurs lettres en Provence pour avoir des nouvelles de ma chere femme. Je m'adressai à la Mere de notre aimable Niéce. Je n'en apris rien. On eut dit que tous ses parens étoient morts, & j'étois la malheureuse victime d'un si profond silence.

Aiant consulté mon sage Directeur, je trouvai une ressource dans ses conseils. Il me donna celui de renvoier notre Niéce auprès de ses parens, ou du moins dans son Païs sous la conduite de la Femme de Chambre, qui étoit une fille d'esprit, de vertu & très-capable d'être sa guide. Ce conseil fut de mon goût. Je ne balançai pas à le suivre. Elles partirent aussi-tôt par la Diligence de Lion, après m'avoir promis de m'informer de tout ce qui pourroit m'interesser.

Cet expedient qui suspendit mes tristes réflexions, fit que je ne m'ocupai plus que de ma conversion ; & pour que les conferences que je devois avoir deux fois le jour avec mon zelé Catechiste, ne fussent pas interrompuës, je convins avec lui de ne les commencer qu'après la revûë que le Roi devoit bientôt faire de sa Maison dans la Plaine de Houille à trois ou quatre lieuës de Paris.

Le jour vint, & je montai à cheval avec la compagnie, marquant une grande impatience de retourner bien vite à Paris pour achever le grand ouvrage que j'avois ébauché. J'esperois fermement revoir mon Epouse, dès qu'elle auroit apris mon changement. Les Cours de Versailles & de St. Germain où résidoit Jaques Stuart, qui avoit abandonné le Trône de la Grande-Bretagne, se trouverent à la revûë, & y parurent dans un grand brillant, dont je ne fus point touché, tant j'étois ocupé de mon amour mécontent. Mon inquiétude fut extrême, & je ne savois à quoi l'atribuer. J'avois certains pressentimens que je ne pouvois démêler. L'évenement ne tarda pas à en faire voir la justesse.

Fin de la premiere Partie.

HISTOIRE
DE
LOUIS ANNIABA.

SECONDE PARTIE.

L E tour de la Compagnie où j'étois étant venu, elle défila devant le Roi. Mais quel ne fut point mon étonnement de voir ce grand Monarque me faire sortir du rang, pour me parler. Il me demanda d'où j'étois, & depuis quand je faisois mes exercices dans ses Mousquetaires ? A mesure que je répondois, je remarquois qu'il avoit les yeux atachés sur un portrait qu'il avoit en main, & qu'alternativement il les jettoit sur moi. Il n'est pas dificile de s'imaginer l'embarras où me jetta cette scene. Je rougis, je pâlis, en un mot il n'est point d'alternative inquietante que je n'éprouvasse. Les frissons, les palpitations de cœur, & cent inexplicables phénomenes s'éleverent dans mon esprit & dans mon corps, voiant les yeux des deux Rois, des Princes, des Princesses, des Seigneurs & des Dames des deux Cours si curieusement atachés sur moi.

Louïs-le-Grand rompit enfin le silence pour me demander pourquoi je ne m'étois pas fait connoître ? Lui aiant répondu que je n'en avois pas eu l'ocasion, il me repartit qu'il n'étoit plus tems de feindre : & me montrant mon portrait, n'êtes-vous pas, dit-il, le fils du Roi d'Essenie ? Vous reconnoissez-vous à ce portrait ? Malgré le peu de liberté d'esprit que me laissoit ce spectacle, j'en eus assés pour lui répondre qu'étant fils de Roi, je n'aurois pû me faire connoître sans être privé de la gloire qui me revenoit d'avoir servi Sa Majesté. Je fais plus de cas de cet honneur, ajoûtai-je, grand Roi, que du Trône qui m'atend : & si je dois y monter un jour, j'espere que la démarche que j'ai fait m'en rendra digne.

Cette reponse que je fis d'un ton ferme, mais modeste, ne m'atira pas moins les aplaudissemens des brillans Spectateurs que l'estime du Roi. Quelque flateuse qu'elle fut, il n'en parut point émû ; & sans qu'on s'aperçut d'aucune alteration sur son visage, il me fit avancer à la droite. Il m'ôta son chapeau, me présenta la main sans vouloir me permettre de la baiser, & il continua à faire défiler les Troupes.

La revûë étant finie il eut la bonté de me présenter au Roi d'Angleterre, au Dauphin & à tous les Princes de la Cour. C'est, leur dit-il, d'un air des plus gracieux, le fils du feu Roi d'Essenie. Il y a environ quinze jours que j'en ai apris la mort, & que j'ai en même tems reçû le portrait de son fils qui s'est caché plus de deux ans sous le nom de Comte d'Outre-Mer. Je le reconnois pour le legitime heritier de la Couronne de son Pere. Je souhaite qu'on le reconnoisse dans ma Cour en cette qualité, & qu'on lui rende les honneurs dûs à son rang & à sa naissance.

Je voulus me répandre en remercimens d'une maniere au-dessous de ma dignité ; mais Sa Majesté me pria d'oublier que j'avois été Mousquetaire, & de me souvenir que j'étois Roi. Les deux Cours se joignirent pour aller diner à Marli, où je fus dans le Carrosse de ce grand Roi qui m'y donna la droite. Dès ce moment les honneurs roiaux me furent rendus. J'étois de toutes les parties de ce Monarque, du Dauphin & de Madame de Montespan. Tous les plaisirs m'étoient oferts ; mais à peine en goûtois-je. J'aurois beaucoup mieux aimé posseder mon Epouse, & être encore parmi les Mousquetaires. Tant il est vrai que les Cours des Rois ne font pas ordinairement le centre des plaisirs purs & solides.

Je ne laissois pourtant pas de m'acoûtumer aux airs roiaux. Je les prenois même sans afectation, & j'oubliai sans beaucoup de peine les alures assés generales dans l'état de Mousquetaire. Cependant les deux Compagnies de mes camarades firent demander au Roi la permission de faire l'exercice en ma présence. Le Roi après me l'avoir proposé, leur acorda ce qu'ils souhaitoient ; mais je n'y consentis qu'à condition que je me mettrois à leur tête, lorsqu'ils se défileroient devant le Roi. Marli fut désigné pour quartier d'assemblée, & le jour en fut marqué au lendemain de la Pentecôte.

Il est certain que la nouveauté de ce spectacle, qui fut annoncé à Paris quelque tems auparavant, atira les grands & les petits de cette immense Ville. Jamais je ne vis tant de peuple d'un seul coup d'œil. Les aclamations furent continuelles. On fit des vœux pour ma prosperité. L'air retentissoit des cris de *vive le Roi d'Essenie* : quant à mes anciens camarades, ils me rendirent des honneurs extraordinaires, en défilant devant moi avec tous leurs Oficiers. Après avoir fait leurs évolutions à cheval, ils firent l'exercice à pié, & tandis que je parcourois les files, ils me présentoient les armes ; dès qu'ils furent remontés à cheval, ils m'envoierent un détachement commandé par le Commandant de la premiere Compagnie, qui me fit compliment de la part de tout le Corps ; me priant de vouloir bien me mettre à leur tête pour leur commander les marches & contre-marches qu'ils firent devant le Roi. Elles furent faites avec tant d'adresse, que Sa Majesté ne put refuser les aplaudissemens. Ils me remercierent à la fin de l'honneur que je leur avois fait ; & pour leur marquer à mon tour combien j'étois sensible à leur politesse, je fis présent à chacun des Capitaines-Lieutenans de saphirs de prix, aux Enseignes d'émeraudes, & aux autres Oficiers de rubis un peu moins considerables. En un mot, je distinguai les rangs & les dignités ; ce qui charma les deux Cours qui ne s'atendoient à rien moins qu'à cette generosité. C'étoit pourtant le moins que je pusse faire, puisque j'en avois les facultés.

Quoique les plaisirs se suivissent de près, le Roi qui m'avoit déja sondé sur le dessein que j'avois de me faire Chrétien, me pria un jour avec tant de zele de le mettre en execution, que je lui demandai la permission de faire venir mon Catechiste à la Cour. Sa Majesté ne manqua pas aussi-tôt de me proposer un grand docteur, mais mon premier Catechiste étoit trop de mon goût, pour ne pas m'y tenir. Il me fut donc acordé, & malgré les puissans & secrets ressorts qu'on avoit remués pour avoir la gloire de me catechiser, mon almable Pere de l'Oratoire s'y transporta. Je lui fis donner un apartement joignant celui que j'ocupois, & en moins de dix jours, il me jugea assés instruit pour recevoir le Bâtême.

Le jour fut pris pour en faire la ceremonie dans la Metropole de Paris. Les Cours de Versailles & de St. Germain s'y rendirent, & y trouverent tous les Magistrats de Justice & de Police de cette Capitale. Le

Cardinal de Noailles qui en étoit Archevêque, fit la ceremonie, assisté de quatre Cardinaux, de trente Evêques, acompagné du Corps des Chanoines, & aiant à côté droit mon savant & zelé Catechiste, qui rendit en présence de l'assemblée un témoignage solennel de mes dispositions & de ma croiance.

Le bon Roi crut naturellement que le motif de faire une plus étroite aliance avec lui, m'avoit conduit aux *Fonts* Baptismaux ; mais que la parole que j'avois donnée à ma chere Epouse y avoit bien plus de part ! J'avois beau être privé de sa présence sans en savoir même aucune nouvelle, mon cœur ne lui étoit pas moins constant. Dans le pressentiment que j'avois de la revoir quelque jour, j'esperois qu'elle me tiendroit compte de ma fidelité.

Je demeurai à la Cour de France encore huit jours après mon Bâtême, & j'en partis comblé des bienfaits du Roi, des caresses des Cours de Versailles & de St. Germain, & acompagné d'un Mousquetaire veritablement mon ami, qui voulut bien suivre ma fortune. Je me rendis à Toulon avec une nombreuse suite. Outre des Gardes dont le Roi m'avoit donné un Détachement, elle étoit composée de toutes sortes d'Artisans, de Savans de six Peres de l'Oratoire & de six Religieux de la Merci. Le Roi vouloit bien m'en donner des autres Ordres, mais il ne me pressa pas quand je lui eus dit que j'en avois assés pour prêcher ma nouvelle Religion dans mon Roiaume, qui à mon jugement ne s'empresseroit pas beaucoup à suivre mon exemple. J'arrivai enfin dans ce fameux Port où deux Vaisseaux de soixante-dix pieces de canon avoient été équipés pour me transporter en Afrique.

L'impatience où je fus en arrivant d'aprendre, s'il étoit possible, le sort de mon aimable Epouse, m'y fit séjourner quatre jours pour avoir le tems d'en être informé. Mon fidele Mousquetaire voulut bien aler lui-même dans sa Contrée & chez tous ses parens pour en aprendre des nouvelles ; mais ils furent inutiles. Personne n'en avoit rien apris. Ceux de ses parens qui m'avoient connu & qui n'ignoroient pas mon mariage, étoient déja morts ; & les autres ne purent absolument m'en donner des nouveller [*sic*]. Je n'en eus même ni de notre Niéce ni de sa Gouvernante.

J'en fus atristé ; mais je ne désesperois pas pous cela que le Destin ne me la rendît tôt ou tard : & mon esperance, je ne sais sur quoi fondée, ne m'abandonna point dans mon trajet. Elle se fortifia même au-delà de la mer. On leva l'ancre par un vent favorable qui me poussa en peu de jours à Tripoli où le Consul de France avoit déja annoncé mon arrivée à la Regence. Cependant je n'y parus qu'*incognitò*, malgré les instances qui me furent faites de recevoir les honneurs dûs à la Roiauté. Je passai deux jours à visiter le Port & la Ville, moins pour satisfaire ma curiosité que pour suivre le pressentiment que j'avois d'aprendre quelque chose de ma tendre Epouse.

Envain je prenois la resolution de continuer la route. Je sentis dans mon cœur une repugnance invincible. Il palpitoit à tout moment ; de profonds soupirs m'échapoient sans reflexion ; le souvenir de ma chere Compagne m'ocupoit si fort, qu'il me faisoit oublier mon état pour ne penser qu'au sien. Ah ! pensois-je, que ne peut-elle partager mes plaisirs, mes honneurs & mon Trône, dont elle auroit fait le plus bel ornement en me rendant heureux ! Ceux qui étoient de ma suite, me voiant d'un air sombre & rêveur, n'en atribuoient la cause qu'à l'atention que je donnois aux objets qui m'ocupoient, mais ils se trompoient très-fort. La Souveraine de mon ame m'ocupoit uniquement.

Qu'on ne soûtienne donc pas qu'on n'a point de justes pressentimens de ses plaisirs & de ses peines. L'épreuve que j'en fis au moment que je me promenois sur le Port de Tripoli, me convainquit agréablement du contraire. Je ne saurois en comprendre la raison, car je crois inexplicable ce vrai phenomene de la vie humaine.

J'étois précisement sur une petite éminence qui découvroit un magnifique Jardin, dont les murs étoient baignés de la mer du moins de trois côtés. Mes yeux s'atacherent à en considerer la beauté, lorsque lassés d'en parcourir toutes les parties, ils se fixerent sur quatre Esclaves qui me parurent jeunes & belles. Une Dame d'un certain âge les ocupoit à arroser des plantes & des fleurs. La Populace aiant été informée de ma dignité par quelqu'un de ma suite, se ramassa autour de moi en jétant des cris de joie, & criant à tout moment : *Vive le Roi d'Essenie*. Cette Dame & ses Esclaves excitées par la curiosité s'étant tournées de mon côté, s'aprocherent de la grille qui fermoit ce beau Jardin du côté que la mer n'en baignoit pas les murs ; mais je remarquai une des Esclaves qui n'en aprochant que lentement me fit une profonde reverence à la maniere Françoise, & qui joignant les mains & levant les yeux au Ciel, me fit comprendre que j'en étois connu. Cependant je n'en avois point d'idée, &

malgré les secrets mouvemens de mon cœur, je ne lui voiois aucune atitude de mon incomparable Reine. Il est vrai que l'habilement d'Esclave me la défiguroit entierement.

Cependant voulant aprofondir la chose, je m'aprochai de cette grille machinalement & sans dessein. Après avoir salué la Patronne qui étoit de très-bonne façon, je lui demandai la permission de parler à l'Esclave que je lui désignai. O Dieux ! comment ne mourus-je point de joie, lorsque je reconnus ma chere Epouse à ses charmans traits ? Mon cœur agité par d'impetueux mouvemens faillit à m'abandonner, & peu s'en falut que je ne tombasse à la renverse. Elle eut mieux que moi la force de se contraindre, & sans la pâleur qui lui couvrit le visage, je n'aurois aperçu chez elle aucune alteration. C'est moi, me dit-elle, mon Roi. C'est votre fidele Dalo... Mais ne donnez aucune marque de ce que je suis. Je vous en dirai les raisons si vous pouvez me retirer de l'esclavage, pour qu'il ne me reste que les aimables chaines que vous me faites porter, & que je ne briserai jamais. Je vois bien à cette foule qui vous suit que vous êtes Roi ; mais je ne sai si vous êtes Chrétien. Oüi ma Reine, je suis l'un & l'autre, lui répondis-je ; & pour vous en donner des preuves parlantes, je vous présente un de vos amis qui me suit dans mes Etats. Le voilà, ajoûtai-je, en faisant aprocher le Chevalier de Roche... O Ciel ! s'écria-t-elle, m'aimes-tu donc encore malgré les rigueurs dont tu m'acables. Je ne puis plus y tenir. Adieu, reprit-elle, mon cher Roi. Je laisse à votre amour le soin de travailler à rompre mes fers. Laissez-moi faire, repliquai-je ; assurez-vous que vous en serez bientôt déchargée, pour partager mes plaisirs que je ne saurois goûter loin de vous : & elle s'éloigna pour rejoindre sa Patronne.

La voilà donc mon cher, la Reine de mon cœur, dis-je au Chevalier [!] nous l'avons desirée & cherchée en vain, & graces au Destin nous la trouvons sans l'avoir cherchée. Tels sont les caprices de cette cruelle Divinité qui ne sauroit faire du bien qu'après avoir causé du mal. S'il ramene le calme dans un cœur, ce n'est qu'après l'avoir agité par mile horribles tempêtes. Veüille-t-il m'en mettre à l'abri pour toûjours, & me dédommager par les plaisirs, de tant de peines qu'elle m'a causé.

Il est aisé de sentir l'impatience où je fus d'être mis en possession du tendre objet de mon amour. Aussi n'atendis-je pas un moment à travailler à sa liberté. Je m'en retournai très-vite au Palais, où aiant confié mon secret au Bey, j'eus lieu d'être content de sa diligence. Sa surprise n'en suspendit point l'activité. Tandis, me dit-il, que votre Majesté usera des rafraichissemens qui vont lui être présentés, je vais envoier le Capitaine de mes Gardes qui vous ramenera l'objet de vos desirs.

L'execution de ses ordres fut prompte. L'Oficier s'en étant aquité en moins d'un quart d'heure, me ramena ma charmante Epouse, qui malgré ses habits d'Esclave, parut au Bey & à sa Cour aussi-bien qu'à mes yeux, digne du premier Trône du monde. Qu'on juge de cette touchante scene, par les mouvemens dont on est agité en la lisant [!] Les sentimens de la plus délicate reconnoissance qu'elle marqua à ce Prince, furent capables d'exciter ses larmes ; & je ne pus refuser les miennes aux mouvemens de tendresse dont elle fut agitée pour moi.

Le Bey sans me consulter avoit donné ses ordres à la grande Sultane de faire travailler incessamment à des habits dignes de ma charmante Reine. Ils furent suivis d'une si grande promptitude, qu'en moins de deux heures cette Princesse se fit annoncer. Elle entra suivie de plusieurs Dames & de quelques Esclaves, & après avoir fait son compliment à la Reine d'Essenie, elle l'emmena dans mon apartement, où elle fut habillée en Reine Orientale, & ramenée en peu de tems dans l'apartement du Bey, où je l'atendois.

Jamais Beauté n'eut de plus beau jour. Elle parut avec un éclat dont elle étoit encore plus redevable à la nature qu'à ses brillans ajustemens. Un port majestueux, des yeux vifs, le teint fleuri, une infinité d'atraits réunis jetterent l'Assemblée dans une respectueuse admiration. Pour moi qui ne pus y resister, je m'oubliai jusqu'à me jetter éperdûment à son cou. Ni mon rang, ni la présence du Bey & de sa nombreuse Cour, rien ne fut capable d'arrêter mon transport amoureux ; mais ma Reine sans se troubler parla en ces termes.

Les violences qu'on a fait à ma personne, les acablantes adversités que j'ai éprouvées, votre éloignement, votre absence, rien du monde, me dit-elle, mon Roi, rien n'a été capable d'altérer mon amour, ma fidelité, ni de donner ateinte à ma gloire. Ne vous atendez pas, ajoûta-t-elle, que je vous prie de vous remettre en possession d'un cœur dont vous n'avez jamais été privé. Je ne vous rends que ma personne que le Destin vous avoit ravie. Quelques nouvelles que soient les essentielles obligations que je vous ai, je n'ai pourtant rien de nouveau à vous ofrir. Tout ce que vous faites pour moi, sont des titres superflus qui ne peuvent augmenter vos droits sur tout ce que je suis & que je puis être. Je suis à vous sans retour, uniquement parce que je sais que vous êtes à moi sans reserve. Et vous Seigneur, dit-elle au Bey, *vous devez compter que jamais personne ne sera plus dévoué à vos interêts que la tendre servante du Roi d'Essenie, à qui votre genereuse politesse vient de procurer la liberté.*

Elle dit : & aiant été reconduite dans mon apartement, je fus bientôt la joindre après avoir prié un Oficier du Bey d'acompagner le Chevalier de Roche... chez la Patronne de ma Souveraine, à qui je fis présenter un diamant du plus haut prix. Après avoir fait bien des façons, elle l'accepta enfin, disant que s'il ne lui étoit présenté de la part d'un grand Roi, elle le refuseroit absolument. Tout ce que je souhaite, s'il me peut-être [*sic*] permis, ajoûta-t-elle, c'est d'avoir l'honneur de rendre mes respectueux hommages à l'incomparable Reine d'Essenie.

Je me charge de vous y acompagner, Madame, lui dit le Chevalier de Roche... à qui l'Oficier du Bey servoit d'interprete, quoi qu'il commençât à parler Arabe ; & il la conduisit au Palais où il la fit annoncer. Mon Epouse la plus polie de toutes les femmes, la vint atendre au haut du degré, où l'aiant dispensée du ceremonial, elle la prit par la main, & la fit asseoir avec elle sur le même Sopha.

J'entrai presque au même moment pour être témoin de cette entrevûë où je savois bien que le bon cœur de mon Epouse de se démentiroit pas. Le Bey m'y suivit de près & en fut également spectateur. Il n'y fut fait que des remerciemens, des politesses, de ofres de service de la part de la Reine, & sa Patronne ne faisoit que repeter des excuses de n'avoir pas eu pour elle les manieres & les atentions qu'elle meritoit, quoi qu'elle n'eut rien à se reprocher sur cet article, & qu'elle l'eut toûjours traitée avec beaucoup de distinction, en la déclarant par mile endroits son esclave favorite.

Cette conversation étant finie, la nombreuse compagnie qui remplissoit notre apartement se retira, & nous restâmes seuls ma Reine & moi. Jamais tête à tête ne fut plus charmant ni plus tendre. Ce n'est donc qu'au hazard que je dois votre présence, lui dis-je, ma chere Reine. Envain j'ai écrit & récrit ; envain le Chevalier de Roche... s'est il donné la peine de fouiller & de faire des enquêtes parmi vos parens à mon passage à Toulon, tout a été inutile, & je n'ai pû rien aprendre sur votre compte. Je n'ai même jamais pû découvrir le sort de notre jeune Niéce que je renvoiai en Provence sous la conduite de votre Gouvernante à qui je la confiai. Fasse le Ciel, ajoûtai-je, que ce soit ici l'écueil de nos chagrins & de nos peines. Oublions-les, me dit-elle, mon Roi, pour ne penser qu'à laisser couler nos jours dans une charmante union, puisque le Destin nous réunit encore. Vous êtes donc Chrétien, reprit-elle, ô Dieu, soiez-en beni, je n'avois rien à desirer en votre aimable personne, reprit-elle, que cet auguste titre qui rend parfaite notre union : mais la grace que j'ai à vous demander, c'est de ratifier notre mariage en présence d'un Ministre de l'Eglise. Il y a dans la Ville des Religieux de France qui rachetent des esclaves, donnez-moi la consolation d'en apeller un dans ce moment.

Je n'eus pas de peine à me rendre à ses loüables desirs : & après lui avoir dit que le Roi de France m'en avoit donné douze qui étoient sur mes Vaisseaux : j'en envoiai chercher deux, qui firent cette ceremonie en présence du Chevalier de Roche... Dès qu'elle fut faite, j'en déclarai un mon grand Aumônier, & l'autre Aumônier de la Reine, me reservant à pourvoir à leurs apointemens à mon arrivée dans mes Etats.

Cette ceremonie étant faite ils se retirerent, & j'eus le tems avant souper de l'informer de ma tristesse après son enlevement, ainsi que des honneurs que j'avois reçus à la Cour de Versailles & de St. Germain. Je n'ômis aucune des circonstances de ce qui s'étoit passé depuis que Louïs XIV. m'avoit reconnu à la revûë, non plus que de mon Bâtême, que je lui avoüai être son ouvrage. Elle donna à tout ce récit une merveilleuse atention qui fut arosée de larmes de joie. Ses yeux manifestoient clairement la satisfaction de son cœur ; jamais son coloris ne fut si beau ni son amour plus tendre. Mais si elle fut en ce moment inondée de joie, je me vis moi-même au comble de le felicité, qui avoit été cruellement suspenduë depuis son absence.

Notre entretien qui dura assés long-tems, ne fut interrompu que par le Bey lui-même, qui avoit ordonné un magnifique regal. Il nous demanda poliment si nous trouverions bon que les Grands de sa Cour, de la Ville & de la Regence y fussent invités. Après lui avoir marqué en avoir un grand plaisir, ma Souveraine lui annonça que le Chevalier de Roche... seroit de la partie s'il le trouvoit bon. Le Bey toûjours poli, lui répondit qu'elle étoit la Maîtresse dans son Palais. Hé bien, reprit-elle, Seigneur, s'il est ainsi, j'use du pouvoir que vous me donnez en vous demandant la compagnie des Sultanes & des Dames. Il lui répondit que malgré l'usage elles s'y trouveroient, & même plus, qu'il alloit à l'instant y faire inviter la Patronne de mon incomparable Epouse, & il se retira.

La serenité de la soirée nous aiant atiré dans un jardin qui aboutissoit au rivage de la Mer, nous nous y assimes. Elle se proposoit de m'y raconter son enlevement & ses suites ; mais le Peuple nombreux qui nous environna ne lui permit pas de commencer. Elle remit après le soupé à m'entretenir de ses avantures. Cependant aiant apellé quelqu'un de mes gens, j'envoiai au plûtôt [*sic*] demander à un Negociant Juif deux mile sequins, dont mon Epouse paia les aclamations de ce Peuple d'une façon si gracieuse, que quand nous reprîmes le chemin du Palais, il se coloit le visage sur nos traces. Ce nouveau spectacle les touchoit & les remplissoit en même tems d'une merveilleuse admiration.

Le soupé fut servi peu après que nous fûmes rentrés au Palais. La magnificence Orientale y fut pompeusement étalée dans les ajustemens des Dames, & dans la maniere somptueuse & délicate dont la table fut servie. Les mets délicats & les plus délicieux vins de l'Europe y furent prodigués. La musique, la simphonie, les danses des Esclaves de toute nation en releverent encore l'apareil ; en un mot, on ne vit jamais en Barbarie de si superbe Festin.

Il finit par une excessive generosité du Bey, qui aiant fait présenter devant mon incomparable Reine quarante Esclaves Françoises, la pria d'en choisir dix de son goût sur le refus qu'elle fit de les accepter toutes. Elle m'en laissa le choix, que je fis en donnant à dix des mieux faites des bagues fines, pour marque de la liberté que ma Reine & moi leur rendions. La Patronne de mon Epouse touchée de cet exemple, envoia sur le champ chercher une de ses Esclaves qu'elle avoit remarqué être liée d'amitié avec elle, & la lui présentant, c'est lui dit-elle, grande Reine, digne de toutes les Couronnes, le présent que je crois devoir vous faire. Je sai que vous l'aimez & que vous en êtes aimée, que le grand *Alla* vous la conserve comme une preuve que vous aurez continuellement sous les yeux de ma respectueuse estime. Mon Epouse lui répondit d'un air & dans des sentimens qui lui concilierent l'admiration de toute l'assemblée, qui s'étant enfin separée, nous donna lieu de prendre congé du Bey & de rentrer dans notre apartement.

Dès que mes Oficiers en furent sortis, elle comprit bien l'impatience où j'étois d'aprendre l'histoire de son enlevement. Puisque nous sommes libres, dit-elle, je vais satisfaire votre impatience, & justifier en même tems ma conduite ; car ne croiez pas, cher Roi, que je vous aie été un seul moment infidéle.

« Vous pouvez bien vous rapeller, continua-t-elle, que quelques jours avant que je ne vous fusse ravie & à ma felicité, je vous dis avoir vû au Luxembourg un Cavalier qui me suivit de près pendant plus d'une heure, & que s'arrêtant si je m'arrêtois, il avoit les yeux toûjours fixés sur moi. Ne voulant pas en faire apercevoir le Marquis d'Estouteville qui me donnoit le bras, quoi qu'il aperçut bien lui-même de mon inquietude dont il ignoroit la cause, je le priai de sortir ; mais étant monté dans mon Carrosse, cet espion monta dans le sien & me suivit jusqu'au logis où je me rassurai. Le Marquis à qui je demandai s'il n'avoit point remarqué ce Cavalier, me dit fort poliment, qu'aucun objet n'avoit été capable de le distraire de ma conversation, si bien que je ne jugeai pas à propos de lui en aprendre davantage.

» Le lendemain sortant du logis pour aller à pié à l'Eglise qui en est assés près, je vis le même Cavalier, qui avançant le pas, me joignit & m'acompagna malgré moi à l'Eglise. Il eut même la temerité de m'entretenir de sa violente passion, & du ravage que mes atraits faisoient dans son cœur. J'eus beau le rebuter, en lui disant que mom cœur étant engagé, je lui conseillois de se guerir avant que son mal ne devint plus grand. Cette réponse que je lui fis d'un air assés dedaigneux m'en délivra. Je ne pris même pas garde qu'il avoit pris son parti.

» Mes manieres ne le rebuterent pas, malgré qu'il endormit sa brutale passion pendant plus d'un an : & moi qui la croiois éteinte, je ne pensois certainement pas qu'elle dut se ralumer. Mais je fus bien étonnée de mon erreur. Un jour que vous étiez en partie de plaisir avec vos amis, l'envie me prit d'aller à l'Opera avec ma chere Niéce. Il m'aperçut dans la loge où nous étions seules, & il y monta. Ce fut là que me reprochant mon ingratitude & ma dureté, il osa me dire très-grossierement, qu'il trouveroit le moien de m'enlever d'entre les bras du coquin, qui m'avoit ravie à mes parens & à ma Patrie. Je suis Lasc... ajoûta-t-il. Il m'est tems que vous païez les démarches que j'ai faites pour vous. C'est mon tour de vous posseder à de plus justes titres que lui, malgré ceux qu'il prétend avoir aquis sur votre personne, par la feinte generosité dont il se vante. Mon dessein est formé, & vous le verrez éclorre [*sic*] malgré vous & malgré lui, à moins que vous ne le préveniez par votre consentement.

» Lui aiant répondu en peu de mots qu'il n'y avoit qu'un scelerat outré capable de son procedé, & que s'il ne sortoit de la loge, je ferois du scandale en apellant la Garde pour le faire arrêter & le punir de sa temeraire éfronterie, soit qu'il ne voulut pas m'en dire davantage, de peur de trop manifester son dessein, ou qu'il craignit ce dont je le menaçois, il se retira. Cependant je voulois prendre des mesures pour me mettre à l'abri de toute insulte. A cet éfet je jettai les yeux sur le Parterre, pour tâcher d'y découvrir quelque Cavalier de ma connoissance afin qu'il m'acompagnât chez moi. Je ne fus pas long-tems sans apercevoir le Chevalier de Lala... Mousquetaire de nos amis qui me salua. C'étoit justement ce que je souhaitois. Je lui fis signe de monter à ma loge. Il ne manqua pas de s'y rendre.

» Ne jugeant pas à propos de l'entretenir du mistere d'iniquité qui venoit de m'être revelé, je me bornai à le railler, lui reprochant qu'il étoit peu galant de ne pas me venir joindre, me voiant seule dans ma loge ; & la conversation continua sur le même ton pendant le reste du spectacle, après lequel il m'acompagna au logis où je le retins à souper. Il n'y fut point question de l'insulte qui m'avoit été faite. Je me fis une gloire de l'oublier avec resolution de ne pas vous en parler, pour ne pas vous exposer à quelque fâcheuse rencontre. C'est ainsi que j'ai toûjours ménagé votre personne aussi-bien que votre cœur.

» Trois jours après vint le fatal moment où je vous proposai la promenade du Bois de Boulogne. Vous n'avez que trop vû ce qui s'y passa. Je vous dirai seulement, que tandis que deux Soldats aux Gardes déguisés vous ocupoient vous & votre ami, le perfide Lasc... acompagné d'un coquin que je n'avois jamais vû, sortit de l'épaisseur du Bois, & m'y portant avec violence, ils m'enfermerent avec eux dans un Carrosse qui atendoit dans la grande alée qui mene à saint Clou. J'eus beau faire des éforts, pour me débarrasser de leurs mains & pour me faire entendre, ils m'avoient tellement clos la bouche, qu'il me fut impossible de crier & d'apeller à mon secours. Le Cocher aiant foüeté de toutes ses forces, nous arrivâmes à l'entrée de la nuit à un Carrefour, où une Chaise de Poste à deux nous atendoit. On m'y fit monter sans me rendre la liberté de parler ; & le coquin qui secondoit le lâche Ravisseur, étant monté derriere la Chaise, nous courûmes toute la nuit, avec cette précaution que ni de cette nuit, ni pendant toute la course jusqu'à Nice, il ne me fut point permis de sortir de la Chaise, où l'on me présentoit de tems en tems des rafraichissemens que je ne voulus jamais accepter.

» Le coquin craignant que le désespoir ne m'eut fait prendre le funeste parti de me laisser mourir de faim, prit lui-même celui de me parler de son amour & de sa violente passion, dont il me dit être l'objet. Malgré mon esclavage bien plus rude que celui, où j'étois tombée en Afrique, je n'eus pour lui que des duretés & des reproches acablans. Loin d'en être rebuté, il redoubloit ses tendres sentimens ; mais je ne lui répondis plus rien pendant le reste de la route qui aboutit à Villefranche, qui est un Port au bas de la Ville de Nice, où nous arrivâmes au clair de la Lune. Sans doute que la lettre que je lui avois vû écrire dans un Cabaret champêtre entre Dijon & Lion, avoit pourvû à notre embarquement ; car la Felouque où l'on me porta de la Chaise aussi-tôt, étoit toute prête. Elle se mit en Mer pour nous porter à Genes ; mais le Ciel qui dirige toutes choses ne tarda pas à me venger. Un Corsaire qui s'étoit mis en embuscade entre les Rochers, nous prit & nous porta ici. J'y fus venduë deux jours après mon arrivée à ma Patronne, dont la douceur auroit pû adoucir mon chagrin, si quelque chose eut été capable de me dédommager de votre absence. Je n'ai rien apris de son sort ; mais quel qu'il puisse être, il n'éprouvera jamais les peines que merite son infame crime.[»]

Dieux ! de quels sentimens ne fus-je point agité pendant qu'elle me fit le triste récit de cette fatale avanture ? Elle ne manqua pas de s'en apercevoir : & voulant les calmer, elle ne pouvoit mieux réussir qu'en me citant sa présence. Hé ! quoi, me dit-elle, cher & tendre Roi, le plaisir que vous devez avoir de me posseder, si vous m'aimez n'est-il pas sufisant pour vous transquiliser [?] Le Ciel m'a remis entre vos bras ; que ne recevez-vous mieux ses faveurs ? Suis-je donc mon phantôme ? Ne me voiez-vous pas ? Ne me touchez-vous pas ? N'est-ce pas votre fidéle & tendre Dalo... qui vous parle [?] Faites comme moi, mon cher Roi [!] Mettez à profit nos contretems [!] Notre réunion ne doit-elle pas nous éclipser les peines que notre separation nous a causées ?

Des raisons si consolantes m'aiant retiré du noir chagrin où j'étois absorbé, me firent passer la plus agréable nuit de ma vie. Le Soleil qui éclaira dans le lit à son lever, nous détermina à en sortir : & nous ne pensâmes plus qu'à continuer notre voiage. Aiant donc resolu de partir incessamment, je fis apeller les Capitaines & les Pilotes des deux Vaisseaux, dont Louïs-le-Grand m'avoit fait présent. Ils furent les premiers à me proposer de lever l'ancre. Le vent étoit favorable. Toutes les provisions étoient faites, il étoit naturel de profiter du tems.

J'allai donc prendre congé du Bey & lui annoncer notre départ. Mais que le Destin pensoit peu à ma tranquilité. Le Bey touché de mon sort, m'aprit qu'il venoit d'être sûrement informé par le Capitaine & l'équipage d'un Vaisseau de Maroc, que mes Etats avoient été envahis par le Bacha Osman Renegat Napolitain & General des Noirs qui s'étoit mis sur le Trône. Cette nouvelle me frapa, mais elle ne m'abatit point. Je m'en consolai même sur le champ, par la reflexion que je fis, que si je pouvois vaincre mon Rival comme je l'esperois, je ne tiendrois ma Couronne que de mon épée, & que ne la portant qu'à titre de conquête, je serois en droit d'imposer à mes Sujets de nouvelles loix, une Religion nouvelle & un nouveau joug. Cette idée me fit écouter le Bey avec une fermeté heroïque, & concluant aussi-tôt mon départ, on se disposa à lever les voiles pour le Port de Maroc, où il étoit à propos que je m'arrêtasse pour prendre de justes mesures.

Cependant me voiant sans forces, sans argent & sans Aliés, j'étois inquiet sur l'heureuse issuë de mon projet. Ma chere Epouse que je puis qualifier d'Heroïne en tous genres, m'encouragea par mile ressources, dont elle me donna l'ouverture. Aiant donc assemblé mon Conseil sur mon Vaisseau, j'y fis apeller le Chevalier Roche... & les Eclesiastiques de ma suite, qui de concert avec ma Reine, conclurent à demander un prompt secours au Roi de France, avec qui j'avois fit un Traité avant de quiter la Cour ; & de l'engager à députer au Roi de Maroc, pour qu'il me donnât un secours éficace dans cette ocasion essentielle.

Il se trouva à propos un Vaisseau de Marseille qui devoit s'en retourner le lendemain. Aiant fait prier le Capitaine de se faire porter à mon Vaisseau, je le chargeai de mes dépêches : & sur la nouvelle que j'eus qu'un Vaisseau de la Religion commandé par le Chevalier de Janson devoit partir le jour même pour s'en retourner à Malte, j'écrivis au

Grand Maître pour lui demander du secours. Je lui députai un de mes Religieux de la Mercy qui partit par le même Vaisseau après s'être muni de lettres de créance.

Tout étant ainsi réglé, nous fimes voile pour Méquinez, où nous moüillâmes en peu de jours. J'eus le tems pendant notre navigation de prendre de sages conseils ; & j'ose dire que ma Reine fut la source de tous ceux que j'ai heureusement suivi. Les Gens d'esprit que j'amenois de France, ne me parurent jamais plus utiles qu'en cette ocasion que je regarde comme la plus épineuse de ma vie.

C'en est en éfet une très-dificile à ménager, lorsqu'il s'agit de remonter sur un Trône ocupé par un Usurpateur que des Sujets rebelles y ont placé. Je n'en étois pourtant pas haï ; ils avoient même fondé leur felicité sur mon Gouvernement quand j'en tiendrois les renes ; mais ils me croioient mort, ainsi que je l'apris du Roi de Maroc : & ne trouvant point de Prince de ma race, ils jugerent le Bacha Osman digne de ma couronne.

Ce Seigneur n'en étoit pas indigne à la verité, & le choix qu'en firent mes Sujets pour le placer sur mon Trône, n'étoit pas déraisonnable. Il avoit merité leur estime, leur respect & leur confiance par quantité de belles actions dont ils avoient été les témoins. Il n'étoit pas moins politique que grand Général. Il avoit très-bien soutenu ces deux qualités en paix & en guerre. S'il avoit toûjours été victorieux des ennemis de l'Etat dans les combats qu'il leur avoit livrés, il n'avoit travaillé ni avec moins de zele, ni avec moins de prudence dans ce Conseil du Roi mon Pere, au bien & à la tranquilité de ses Peuples. Je ne trouvois donc rien d'extraordinaire dans la preuve qu'ils lui avoient donnée du grand cas qu'ils faisoient de son merite, en lui mettant mon sceptre à la main. Il faloit bien qu'il eut de grands talens pour que, malgré qu'il fut Renegat, on l'eut élevé sur le Trône d'une voix unanime.

Dès mon arrivée à Méquinez où le Roi me donna toutes les marques possibles de distinction, je jugeai à propos d'écrire en Essenie. Ce fut à ma Tante la Sultane Berglid que je m'adressai pour la prier de m'informer de l'état du Roiaume, des dispositions de mes Sujets aprenant que je n'étois point mort, & des forces de l'Usurpateur. Je la priai encore de le voir, & de lui dire que j'étois à Maroc, d'où je partirois pour aler prendre possession de mes Etats dès que le Roi de France, celui de

Maroc, le Grand Maître de Malte, le Bey de Tripoli & plusieurs autres Princes m'auroient envoié le secours que j'en atendois ; & que s'il vouloit prévenir la désolation du Roiaume où il savoit qu'à mon arrivée j'aurois un grand nombre de partisans, je lui ofrois les emplois de Grand Trésorier, de Grand Général & de premier Ministre avec mon estime & mon amitié ; mais que s'il joignoit le mépris de ces avantages au refus de se rendre à son devoir, j'en tirerois une vengeance dont toute l'Afrique seroit étonnée. J'exhortois encore ma Tante à publier mon retour & à m'aprendre quel éfet cette nouvelle feroit sur l'esprit & le cœur de mes Sujets.

Le Roi de Maroc que j'avois engagé dans mes interêts, dépêcha le plus prompt de ses couriers qu'il chargea de ma lettre avec ordre de revenir au plûtôt ; mais néanmoins de ne pas partir sans réponse. En l'atendant j'emploiai le tems à ménager le secours que le Roi de Maroc m'avoit donné lieu d'esperer. Je fis donc un traité avec lui, par lequel il me promit dix Vaisseaux bien équipés avec quatre mile hommes ; & outre une Isle voisine de ses Etats que je lui cédai, je m'engageai encore à lui donner vingt mile hommes entretenus, quand il seroit en guerre.

Cependant mon Envoié à Malte qui avoit fait toute la diligence possible dans cette conjoncture pressante, avoit signé un traité par lequel il m'avoit obtenu deux Vaisseaux de guerre & deux Galeres qui devoient me joindre à Maroc sous pavillon François, à condition que tous les Ports de mon Roiaume seroient ouverts aux Maltois, & qu'ils pourroient librement y entrer & en sortir toutes sortes de denrées sans paier aucun impôt.

J'étois jusques là content de mes negociations. Je n'atendois plus que des nouvelles de France pour aler planter mon étendard sur les bords du Senegal. Elles arriverent enfin deux mois après le départ du Vaisseau qui avoit porté mes lettres. Le Consul de cette Nation étant venu un matin me demander audience, me remit un paquet de M. de Louvois, premier Ministre du Roiaume. Je l'ouvris & j'apris avec plaisir que le Roi m'envoioit une Escadre de sept Vaisseaux de guerre aux ordres de Mr. Duquêne Oficier général de marine, qui étoit à cet éfet parti depuis cinq jours de Toulon. De sorte qu'ils arriverent à point nommé le jour que je les atendois, qui fut le douziéme après leur départ.

Le secours de Malte qui les avoit rencontrés à la hauteur d'Alger faisant route avec eux, ils arriverent ensemble. J'en eus beaucoup de joie aussi-bien que ma petite suite qui esperoit me voir par-là en état de seconder mon zele pour la Religion Chrétienne que je venois d'adopter, en l'établissant dans mon Roiaume. Le Bey de Tripoli avec qui j'avois traité depuis que j'étois à Mequinez, m'avoit déja envoié trois Vaisseaux qui outre l'équipage portoient huit cens soldats.

Je me vis donc à la tête d'une flote de vingt-deux Vaisseaux de guerre & de deux Galeres, avec cinq ou six mile hommes de débarquement, qui joints aux Gens de Marine me formoient une armée de plus de vingt mile hommes. Avec ce secours j'osai tenter de remonter sur le Trône de mes Ancêtres, dont ma naissance & les Loix me rendoient legitime & unique Souverain. Il est vrai que je comptois être joint à mon arrivée en Essenie par un bon nombre de mes Sujets. La Sultane Berglid ma Tante, qui m'avoit fait réponse, me flatoit de cette esperance. Elle me marquoit que la mort aiant enlevé son mari, m'avoit privé d'un Sujet qui m'auroit été d'un grand secours. Quant aux dispositions de l'Usurpateur, j'apris qu'elles n'étoient ni soumises ni pacifiques, & qu'il en faloit necessairement venir à une guerre dont les suites ne pourroient que nourrir la division & porter la desolation dans mon Roiaume. Mais outre que je n'étois pas d'humeur de le ceder lâchement à mon Rival, mon Epouse m'encourageoit à soutenir mon droit par la force des armes. Elle voulut même que je fisse mettre sur mes Etendars cette Devise, *Dieu & mon droit*, qui est le cri de la Grande Bretagne.

Ranimez votre courage, me disoit-elle, mon Roi. Si le Ciel est juste, il ne peut soufrir l'injustice qu'on vous fait : & si pour des raisons impenetrables il ne combat point en notre faveur, il faut perir les armes à la main pour ne pas survivre à la victoire de notre ennemi. Je vous préviens, ajoûta-t-elle, du dessein où je suis de vous suivre par-tout, & de courir avec vous tous les hazards. Mon bras, quelque foible qu'il vous paroisse, pourra peut-être lui seul vous remettre & vous soûtenir sur le Trône que je dois partager avec vous. Soions d'avance assurés de la victoire par la justice de notre cause.

Tels étoient ses sentimens qu'elle produisoit avec une fermeté & une grandeur d'ame au-dessus de son sexe : & si j'en eusse manqué, elle auroit été capable de m'en inspirer, aussi-bien par son heroïque exemple que par ses éloquens discours, le Chevalier de Roche... qui en étoit temoin ne pouvoit trop admirer son courage. C'est maintenant, lui disoit-elle souvent, mon cher Chevalier, qu'il faut vaincre ou mourir. Et s'il faut perir, mourons d'une façon à rendre notre mort plus glorieuse que la plus grande victoire. Ce n'étoit pas là les bornes de son zele. Elle trouvoit tous les jours l'ocasion de l'étaler aux Eclesiastiques de ma suite. C'est à vous, leur disoit-elle, Ministres du Dieu des Armées, c'est à vous de lever les mains au Ciel pour la justice de notre cause. Montrez-vous de nouveaux Aarons, tandis que nous imiterons l'intrepide Moïse.

Jamais Heros ne prit mieux son parti que ma charmante Reine. Elle prévoioit tout, elle mettoit ordre à tout avec une merveilleuse penetration. Quelque épineuse que fut une afaire, elle en prenoit toûjours le bon sens & la débrouilloit parfaitement. Il ne restoit rien à desirer après qu'elle avoit dit son sentiment. Ses conseils n'eurent jamais qu'une heureuse issuë. Heureux mile fois l'Epoux à qui le Destin a donné une femme de ce caractere !

Il y avoit trois jours que la Flote étoit assemblée, & qu'on n'atendoit qu'un vent favorable pour mettre à la voile. S'étant levé au commencement du quatriéme, je fis lever les ancres après avoir remis ma Couronne aux soins, à l'experience & au courage de Mr. Du Quêne que je chargeai des fonctions de Grand Amiral, & mon choix fut aplaudi de toute la Flote. J'avois déja pourvû aux emplois de l'Armée, & je n'avois pas oublié le cher Chevalier de Roche... que je retins auprès de ma personne. Sa valeur dans toutes les ocasions prouva qu'il en étoit digne. Ma Reine se reservant l'emploi que je ne pus lui refuser, voulut absolument avoir celui de porter devant moi le grand Etendart. C'est moi, dit-elle, qu'on doit suivre pour vous retablir sur le Trône que j'ai contribué à vous faire perdre. Le Ciel qui a sû mes motifs, ne peut que seconder mes vœux & mes pas.

Notre navigation fut si prompte & si heureuse, qu'en moins de vingt jours nous arrivâmes à la vûë d'un petit Port à trois lieuës de Guadalaguer. Le Sr. Du Quêne aiant mis une Chaloupe à la Mer, envoia trente hommes pour prendre langue. Ils raporterent après avoir tout examiné, que l'Usurpateur mal informé de mes forces, s'étois [*sic*] mis en mer avec quinze vaisseaux, parmi lesquels il y en avoit six qui lui avoient été envoiés par le Prince des *Troulles*, peuples qui habitent sur les rives du Senegal, avec qui il s'etoit alié depuis qu'il avoit apris que je prétendois remonter sur mon Trône. Je donnai aussi-tôt mes ordres pour lever l'ancre, afin de chercher mon ennemi, que nous rencontrâmes dans le tems qu'il s'y atendoit le moins. On apareilla pour combattre, & Mr. Du Quêne fit manœuvre de façon que sa Flote formant un croissant envelopa insensiblement la Flote ennemie, qui fut si vivement ataquée, qu'en moins de deux heures les trois quarts des Vaisseaux qui la composoient furent acrochés. Plusieurs furent conservés après avoir passé leur équipage au fil de l'épée ; quelques autres coulerent à fond ; mais celui que montoit l'Usurpateur forçant de voiles se retira.

Une victoire si complete me fit croire que je ne trouverois plus d'obstacle à remonter sur le Trône. J'avois lieu d'esperer que mes Sujets frapés de cet évenement abandonneroient mon ennemi pour se ranger sous mes étendarts ; mais mon esperance, malgré toutes les belles aparences, fut vaine. Mon ennemi se mit à la tête de mon Peuple après avoir publié que la qualité que je prenois de fils du défunt Roi, & par conséquent de legitime heritier du Roiaume, n'étoit qu'une imposture ; qu'il y avoit plus d'un an que j'étois mort en France ; & qu'un Seigneur François se présentoit à ma place pour envahir la Couronne, & imposer à mes Sujets un joug tirannique & insuportable.

Il n'en faloit pas tant pour armer mes Peuples contre moi. L'horreur qui leur avoit été inspirée pour la domination Françoise, les avoit déterminés à plûtot répandre jusqu'à la derniere goûte de leur sang qu'à s'y soumettre, d'où je conclus que j'aurois plus d'un combat à rendre avant de détruire ce préjugé general, qui étoit le plus fort obstacle à mes desseins. Tel fut l'avis que me donna un des principaux Oficiers de la Flote de mon Concurrent. Il me le donna avec tant de candeur que j'y fis beaucoup de fond. M'aiant reconnu sans pouvoir s'y méprendre, il me fit serment de fidéllité, & je ne doutai pas que ce ne fut de bonne foi.

Je crus ne pouvoir mieux faire que de me servir de cet Oficier pour ramener mes Peuples à leur devoir. Lui aiant donc rendu son Vaisseau & son équipage, je le renvoiai, & il fit voile pour rejoindre les debris de la Flote, comme s'il eut eu le bonheur de se sauver. Il me promit en partant de dire à l'Usurpateur en présence de tous les Chefs, que j'étois veritablement Anniaba fils du défunt Roi, assurant fortement qu'il ne se trompoit point, & qu'il m'avoit parfaitement discerné & de fort près en combatant le Vaisseau que je montois, & qui étoit au point de l'acrocher.

Cependant aiant assemblé mon Conseil, il y fut resolu de feindre d'entrer dans Senegal, comme si nous voulions remonter ce fleuve pour y faire une décente. Le projet paroissoit naturel, parce qu'il étoit aisé d'entrer & de penetrer en Essenie de ce côté-là qui étant sans défense, n'entreprendroit seulement pas de resister. Mon Concurrent donna dans ce piége ; & marchant à la tête d'une nombreuse Armée, il s'y achemina à grandes journées. L'Oficier fidéle à son serment après avoir semé dans le Public que j'étois le fils du Roi, avoir gagné les plus aparens de la petite Ville d'Araxer, très-bon Port où étoient entrés les Vaisseaux qui étoient échapés à notre courage, & engagé dans mon parti le petit Corps de Troupes qui devoient le défendre, me rejoignit dans la route que je faisois pour débarquer ailleurs. Il avoit furtivement levé l'ancre, à la faveur d'une nuit obscure pour m'annoncer cette nouvelle, qui merita l'atention de mon Conseil. Il y fut déliberé de se présenter devant ce Havre pour y tenter une décente ; & que si nous n'y trouvions point de resistance, ainsi que l'Oficier nous l'assuroit, il nous seroit aisé de penetrer jusqu'à la Capitale, après avoir fixé notre Place d'armes dans cette petite Ville, que l'art & la nature rendoient assés forte.

La chose réussit comme nous l'avions esperé. Ma Flote parut à l'entrée du Port le sur-lendemain au point du jour. Les restes de celle de mon ennemi furent pris sans aucune resistance, & les Oficiers qui commandoient, m'aiant fait serment de fidélité, grossirent la mienne de leurs Vaisseaux & des Troupes qu'ils portoient. Mes Troupes commencerent à débarquer au bruit du canon & des instrumens de guerre à la maniere des Européens, qui leur étant nouveaux se faisoient entendre avec une certaine admiration, propre à les engager plus fortement dans mes interêts ; & n'ignorant pas qu'il faut du spectacle au Peuple pour l'atirer & le charmer, je formai fort à propos le dessein d'entrer en triomphe dans cette Ville, à qui j'envoiai d'avance de plus beaux Privileges qu'à la Capitale.

Mon entrée fut promptement reglée dans mon Conseil, & voici comme elle fut executée. Après que pour en imposer à mon Peuple, j'eus fait armer tous les Matelots de ma Flote à un petit nombre près, que j'y fis rester pour le garder, j'eus fait mettre à terre environ dix mile hommes aiant Mr. Du Quene & trente Chevaliers de Malte à leur tête, je fus porté à terre avec la Reine dans une grande chaloupe à vingt Rameurs. J'étois armé de toutes pieces, & mon Epouse qui portoit mon grand Etendart devant moi, étoit brillante par la quantité de pierreries qui ornoient sa tête & ses habits. Sa beauté n'avoit jamais paru si eclatante. Deux cens Oficiers que j'avois retenu auprès de ma personne, me suivoient dans plusieurs chaloupes. La moitié de cette belle troupe marchoit devant ; je les suivois précedé du Chevalier de Roche... portant d'une main le magnifique sceptre que j'avois fait travailler à Paris, & de l'autre mon sabre garni de diamans. Mon Epouse suivie de ses dix Esclaves, étoit à côté deux ou trois pas devant moi ; & j'étois suivi de cent autres Oficiers le sabre à la main. La marche & tout à la fois le débarquement furent fermés par le reste de mes Troupes, qui pouvoient faire environ six mile hommes. Dès que j'eus mis pié à terre, toute l'Artillerie de mes vaisseaux tira sans cesse, & quatre mortiers qui étoient sur les deux galeres de Malte envoierent au moins cinquante bombes qui crevoient en l'air sur un terrein inculte assés près de la Ville. Ce spectacle quoiqu'imprévû, fut assés frapant pour me concilier le respect de ses habitans & des troupes qui la gardoient.

Comme nous arrivions à la principale Place, la Reine me pria d'imposer silence aux instrumens, & de lui laisser exécuter le dessein qu'elle avoit formé dans la marche, & qu'elle n'avoit pû me communiquer. Ma confiance ne me permit pas de la refuser. Les instumens cesserent ; & s'étant placée sur un Perron à quatre faces, couvert d'un magnifique Pavillon élevé sur quatre colonnes de jaspe, qui avoit été construit au milieu de cette Place pour en faire l'ornement, elle harangua les Magistrats, le Peuple & les Troupes, sans abandonner l'étendart qu'elle portoit devant moi. L'inscription qui y étoit brodée fut le texte de son discours, qu'elle commença en ces termes en Langue Arabe.

« O vous heureux Esseniens qui lisez sur cet Etendart les justes titres qui autorisent mon Seigneur, mon Epoux & votre Roi à recouvrer une couronne que sa naissance & les loix lui ont destinée, calmez vos alarmes & cessez de craindre pour votre liberté. Ce n'est point un Tiran qui veüille exiger vos corps & vos biens, ni vous faire gemir dans l'esclavage ; peu jaloux du titre de Roi, quelque juste qu'il soit, il y renonce s'il vous est odieux, pour s'en tenir à la qualité de pere, seul objet de son

ambition. Cet Etendart que je porte devant lui, bien loin d'être un signe
de troubles & d'alarmes, n'est déploié à vos yeux que comme l'asile de
votre felicité. Rangez-vous-y avec amour & sans crainte, vous en
éprouverez plus de douceur que vous ne sauriez esperer. Cette épée que
vous voiez entre les mains de son sage Ministre, n'est point levée pour
vous fraper : non, elle n'est qu'une assurance que je vous donne, qu'on ne
veut s'en servir que contre le perfide qui a usurpé la tirannie aussi-bien
que contre tous ceux qui auroient envie de troubler votre repos & de
ravir vos fortunes. Aprochez de son Trône avec la confiance d'enfans
aimés & soûmis ; & vous y trouverez assis un sincere ami, un tendre
pere, un juste Roi & un Protecteur zelé, capable par ses grandes aliances
& par l'amitié que le plus grand Monarque du monde n'a pû refuser à
son merite, de vous rendre heureux & formidables à vos ennemis. Vivez
donc fortunés Esseniens ; mais vivez fideles à votre Roi qui ne demande
que vos cœurs.[»]

A peine elle eut achevé de parler, que les Magistrats, le Peuple & les
Troupes de la Garnison, criant tous d'une voix unanime : *Vive le legitime
Roi d'Essenie, vive son incomparable Sultane [!] Que Dieu éternel &
tout-puissant & notre grand Prophete leur acordent de longs & heureux
jours* : & après s'être prosternés la face contre terre pour marquer leur
respect à leur soumission, ils se releverent & me firent tous d'une voix le
serment solemnel [*sic*] de fidelité.

Charmé de l'heureux éfet de cette harangue, je fis apeller les
Magistrats & le Gouverneur de la Place, & m'étant fait aporter des épées,
je les leur mis au côté, les créant mes premiers Chevaliers avec le droit
de s'asseoir sur mon Sopha, & d'entrer de jour & de nuit dans mon
apartement secret. Ils furent si contens de mes manieres & de ma bonté,
que faisant aussi-tôt sonner les trompettes dans la Ville & dans son
territoire, ils me procurerent douze mile hommes de Cavalerie très-bien
montés & non moins bien équipés ; & s'étant mis à la tête, ils vinrent me
les presenter devant la Maison publique où j'etois logé. Cela se fit avec
tant de celerité qu'en trois jours qu'ils m'avoient prié d'atendre, ils furent
en état de me suivre.

Je n'ocuperai point le Lecteur à lire toutes les politesses qui furent
faites à la Reine, à qui les Dames de la Ville & des environs vinrent en
corps rendre leurs hommages. Elles ne sortirent de sa présence que pour

publier ses rares qualités, dont l'éclat les avoit éblouies, & qu'elles avoüoient la rendre digne de monter sur le Trône, & de regner sur tous les cœurs des Esseniens. Il est certain qu'il est des ocasions, où certaines démarches auprès des Peuples font tant d'impression, qu'on ne manque jamais d'en captiver les cœurs quand on sait en profiter. Mon adorable Reine fit bien voir en saisissant celle-ci, que sa prudence savoit mettre le tems à profit.

Je n'emploiai pas si mal celui que je passai dans Araxer, où je demeurai trois jours. Quoique je parusse y rester dans l'inaction, je ne laissai pas d'y avancer considérablement mes afaires. J'y trouvai un Port assuré pour ma Flote, que je fis abandonner des Matelots pour m'en servir sur terre ; j'y grossis mes Troupes de pié, de douze mile hommes de Cavalerie ; j'y établis des Magazins pour une ressource ; j'y fis afuter douze pieces de canon, & le Païs me fournit deux cens chevaux des plus vigoureux pour les mener avec mon Armée, dont aiant fait la revûë, j'eus le plaisir de la voir de trente mile hommes éfectifs.

Parmi les Matelots des Vaisseaux de mon ennemi qui s'étoient joints à ma Flote, il y avoit quantité d'Esclaves de toutes les Nations à qui j'avois rendu la liberté, à condition qu'ils portassant les armes à mon service. Mon Epouse qui m'avoit acompagné à cet exercice, portant toûjours devant moi mon grand étendart, qu'elle avoit juré de n'abandonner qu'avec la vie, ou du moins que quand je serois paisiblement assis sur mon Trône, aperçut dans leur Troupe l'infâme Lasc... qui de peur d'être reconnu, s'étoit déguisé par une moustache postiche, qui lui couvroit presque les yeux. Cet abominable objet la frapa, sans qu'elle en parut émûë ; mais aiant fait signe au Chevalier Roche... de l'aprocher, elle le chargea d'aller dire au Chevalier de Malte, qui faisoit les fonctions de Major-General de l'Armée, d'ordonner à ce scelerat de quiter son rang, & de le faire conduire au Vaisseau que je montois, pour y être gardé à vûë par le petit équipage que j'y avois laissé.

Cet ordre s'exécuta sur le champ sans que j'en fusse informé ; & la Reine m'aiant entretenu en particulier aussi-tôt que la revûë eut été faite, elle m'aprit que son Ravisseur étoit dans mon Armée en qualité de soldat. Je fremis à cette nouvelle ; & ne pouvant étoufer mon ressentiment, je conclus à en tirer une vengeance digne de son crime. Elle me laissa d'un grand sang froid donner l'essor aux transports de rage & de colere dont j'étois agité, & voiant qu'ils se moderoient, elle me parla en ces termes.

La vengeance qui vous anime, dit-elle, mon cher Roi, ne peut que me faire plaisir, puisqu'elle me prouve votre amour ; mais trouvez bon que je vous prie de pancher à la misericorde. Vous ne pouvez la refuser à ma gloire, quoique le scelerat qui en est l'objet, ait voulu la ternir par l'atentat du monde le plus noir. Je suis contente de la punition que le Ciel en a fait ; hé ! quoi, n'a-t-il pas été bien puni d'avoir gemi dans l'esclavage, & plus severement encore, que ce soit nous qui aions brisé ses fers ? N'est-il pas bien humiliant pour lui de se voir tout gros Seigneur qu'il est au nombre de nos Soldats ? Croiez-moi, mon Roi, ajoûta-t-elle, il a plus éprouvé de rigueurs, depuis qu'il a commis son crime, qu'il n'a goûté de douceurs dans l'esperance dont il se flatoit d'obtenir la fin imfame qu'il se proposoit.

J'eus beau lui représenter qu'il étoit de mon honneur de le punir pour rendre justice à sa propre gloire & à la mienne, elle s'oposa à ma juste indignation. Panchant toûjours du côté de la pitié, elle en vint jusqu'à me prier de lui en laisser la vengeance. C'est, me dit-elle, la premiere grace que je vous demande depuis que vous êtes Roi ; me la refuserez-vous ? Je ne puis faire un meilleur usage de mon credit auprès de vous qu'en faveur du plus grand de mes ennemis & de l'infame instrument de mes peines & des vôtres.

Comment s'oposer à de si beaux sentimens ? Quel est le juge, fut-il le plus severe des hommes, qui n'eut cedé à tant de generosité ? Hé bien, ma Reine, repris-je, son sort est entre vos mains, décidez-en comme il vous plaira, je vous aplaudis d'avance, & je ne me recrierai jamais contre vos actions. J'accepte vos ofres en cette ocasion seulement, repliqua-t-elle, & puisque vous me laissez la maîtresse du sort de cet infame, je vais le punir de telle façon, que s'il a du cœur, il sera le plus malheureux des hommes, tandis qu'aux yeux de tout le monde il paroîtra fort heureux. Oüi, je veux le combler d'honneur, afin qu'il soit continuellement rongé des remors de m'avoir insultée, de vous avoir ofensé. Le désespoir où le jetteroit une rigoureuse peine, le puniroit moins cruellement que la grace que je veux lui faire & que l'emploi que je lui destine. Ordonnez, je vous prie, ajoûta-t-elle, qu'il soit conduit ici par le Chevalier de Roche...

seulement, afin que la populace ne s'en aperçoive point, & vous serez témoin de la mortelle confusion dont il sera couvert.

Tant de grandeur d'ame me ravit d'admiration, je n'en atendois pas moins du plus noble de tous les cœurs. Cependant Lasc... arriva, & aiant voulu se jetter aux piés de la Reine pour lui demander pardon, elle l'en empêcha, lui disant qu'elle ne le faisoit point apeller pour le voir dans cette posture humiliante. L'eussiez-vous crû, Baron, que le Ciel m'eut jamais mis en main la force & l'autorité de punir l'infame insulte que vous m'avez faite & à mon Roi que vous n'auriez sans doute jamais crû devenir le vôtre ? Ces circonstances doivent si fort vous acabler, que je ne juge pas à propos de vous imposer d'autres peines. Je ne doute point que si vous avez repris le cœur que doit avoir formé l'illustre sang qui coule dans vos veines & que vous avez deshonoré par votre lâcheté, vous ne soiez assés rigoureusement puni. J'en suis pleinement satisfaite & oubliant le passé, je veux moi-même sous le bon plaisir de votre Roi, tout ofensé qu'il est, prendre soin de votre fortune. Vivez, Baron, pour reparer votre honneur par une fidélité à toute épreuve : & s'étant fait aporter une épée de grand prix, je vous mets cette épée en main, ajoûta-t-elle, pour défendre nos interêts aux dépens même, s'il le faut, d'une vie que vous nous devez, & que je ne vous acorde que pour la sacrifier genereusement à notre gloire. Vous servirez dans nos Troupes en qualité de Chef & General des braves qui se rangeront de bonne volonté sous l'étendart qui va bientôt vous être livré, & que vous ferez porter devant vous par tout où vous trouverez l'ocasion de signaler votre valeur.

Il soutint ce terrible assaut avec bien plus de fermeté que je n'aurois crû, & malgré la situation acablante de son cœur que je lisois dans ses yeux, il ne laissa pas de parler d'un air digne de son sang. L'action que j'ai faite, Madame, est, dit-il, moins l'éfet d'un cœur lâche qu'une violente passion, que les rares qualités de votre Majesté ont fait éclore. Que le puissant Dieu des cœurs que vous avez servi avec une si rare constance, soit lui seul blâmé, puisqu'il est lui seul le mobile & la cause de mon crime. Voilà, Madame, la seule legitime excuse que je puisse aleguer pour ma justification. Quant à la justice que me rend votre Majesté de me croire digne de combattre pour la gloire & pour les interêts du Roi votre heureux Epoux, j'ose dire qu'elle m'est due, & que toute la Nation que j'espere de voir être le témoin du courage que je ferai

éprouver aux ennemis de votre Trône, sera forcée d'avoüer que le choix
de vos Majestés est juste.

Il n'eut pas achevé de parler, que ma Reine lui mit en main l'étendart
qu'on venoit de lui aporter. Elle y étoit peinte en Diane dans le Bain,
avec Acteon dévoré par ses chiens, & représentant le Baron. Ces mots
sortoient de sa bouche : *J'en ai fait davantage* ; & ceux-ci de la bouche de
la Reine : *J'en ferai moins*. Cela sufit, incomparable Reine, dit-il, en le
recevant, pour me ressouvenir de ce que j'ai fait & de ce que je dois
faire, & il se retira dans une maison voisine du Palais, où l'on lui avoit
envoié des habits & une petite somme. Ma caisse n'étoit pas assés remplie
pour me mettre en état de faire de grandes liberalités.

Mon Armée qui avoit défilé en ma présence dans la Ville, entrant par
une porte & sortant par l'autre, s'étoit déja mise en marche sous les
ordres des Generaux que je leur avois donné. Elle commençoit à marcher
à Guadalaguer, quand nous fûmes la joindre ma Reine & moi à demi
lieuë de la Ville où elle faisoit halte. Le Baron de Lasc... qui n'avoit point
perdu de tems à s'équiper, nous suivit de près, faisant porter son étendart
par un jeune homme d'Araxer, qu'il avoit choisi pour Enseigne de la
Troupe qu'il avoit dessein de former. Nous le vîmes, aiant repris son
étendart, parcourir les rangs, exhorter en Arabe les intrepides soldats à le
suivre pour le service du Roi. J'eus le plaisir de le voir en moins de demi
heure à la tête d'un milier de soldats d'une boüillante jeunesse, qu'il
rangea aussi-tôt par compagnies, auxquels il donna en même tems les
Oficiers.

Fier de son heureuse issuë, il se mit à la tête de cette vaillante Troupe,
& me l'étant venu présenter, aimable Roi, & vous judicieuse & genereuse
Reine, nous dit-il, vous me voiez à la tête d'une Troupe, qui vient vous
assurer de sa fidélité. Resoluë de répandre son sang pour vos interêts, elle
vous demande avec instance l'emploi de défendre vos augustes personnes,
& de combattre sous vos yeux, afin que vous soiez témoins de son zele
pour votre service. J'acceptai ses ofres, & après lui avoir confié la garde
de nos personnes, j'en fus acompagné dans le centre de l'Armée que je
mis en ordre, & que je distribuai en trois Corps, auxquels je donnai Mr.
Du Quêne & deux Chevaliers de Malte pour Generaux. Je retins auprès
de nous le Chevalier de Roche... en qualité de mon premier Ministre,
pour être assisté de ses conseils.

Cependant les Emissaires que j'avois envoié à Guadalaguer, pour s'informer des dispositions du Peuple, de la marche de mon ennemi, arriverent. Ils raporterent que ne sachant pas mes forces, & voiant les mouvemens du Peuple en ma faveur, sur le bruit de ma victoire navale, il avoit pris le parti de marcher à moi pour me combattre. Jamais nouvelle ne me fit de plus sensible plaisir : & voulant le prévenir, s'il m'étoit possible, je marchai à lui pour le combattre.

Mon Armée fut si bien rangée, qu'elle marchoit toûjours en ordre de bataille, & prête à combattre sans se déranger. Je donnois toute mon atention, ainsi que mon fidéle Chevalier, à examiner le terrein où nous marchions, pour en obtenir tous les Postes avantageux. Le deuxiéme jour de notre marche, nos Avant-coureurs vinrent me raporter que la tête de l'Armée de mon ennemi n'étoit qu'à une lieuë de mon Avant-garde ; sur quoi aiant donné mes ordres, je fis avancer le pas à l'Arriere-Garde & au Corps de Bataille, qui selon mes dispositoins, devoient s'étendre ; le Corps de Bataille pour former l'Aîle gauche, qui seroit apuiée à un Bois, & l'Arriere-Garde pour former l'Aîle droite jusqu'à une Riviere que je fis sonder & qui ne se trouvoit point guéable. Toute mon Artilerie [*sic*] fut mise derriere le centre qui avoit ordre de s'ouvrir dès qu'elle seroit ataquée de près, après avoir fait une décharge generale. Le canon étoit chargé à cartouche & à ferraille.

Informé par de nouveaux épions que mon Concurrent étoit à la tête de son aîle droite, je me transportai à mon aîle gauche avec mon Epouse qui ne voulut absolument pas m'abandonner. Le Chevalier de Roche... & la troupe du Baron de Lasc... m'y suivirent, resolus de mourir ou de vaincre. A peine j'y fus arrivé, que le corps que conduisoit mon ennemi s'ébranlant m'ataqua avec une furie extraordinaire. Il fut reçu de pié ferme. On combatit vaillamment de part & d'autre, je perdis même d'abord un peu de terrein. Mr. Du Quêne volant le risque que je courois d'être entierement défait, parce que je n'avois point assés de Cavalerie pour oposer à celle de mon ennemi, il vint à la tête de toute celle qu'il put ramasser & m'amena quatre pieces de canon qu'il fit conduire dans le bois avec tant de promptitude & d'agilité, qu'il étoit dificile de s'en apercevoir.

M'aiant à son abord informé de sa manœuvre, il fut conclu de feindre la fuite, & d'en avertir les Troupes, afin d'atirer les ennemis dans l'embuscade entre l'artillerie & mon Corps d'armée. Le Corps qui étoit embusqué derriere le canon, étoit de quatre mile Marroquins, de douze cent [sic] François & de quatre cent Maltois, sur le courage desquels je pouvois compter. Mon Ennemi emporté par sa valeur, nous poursuit sans s'arrêter. Il donne dans l'embuscade qui fit tout ce que je pouvois en atendre. Les ennemis furent coupés, l'artillerie en fit un afreux carnage ; mais l'Usurpateur sans s'en embarrasser, vint me chercher avec l'élite de ses braves au milieu de mes Gardes, qui défirent entierement sa troupe. Lasc. reçut trois blessures qui quoique dangereuses ne le mirent point hors de combat ; mais la Reine remarquant qu'il vouloit retourner à la charge, lui fit donner ordre de s'arrêter ; & élançant son cheval vers mon Concurrent, après avoir remis son étendart au Chevalier de Roche... Atens-moi lâche, lui cria-t'elle, c'est à moi que tu as à faire, atens-toi à perir de ma main. Elle n'eut pas dit, qu'elle reçut une blessure au bras gauche ; mais sans se déconcerter, elle le joint & lui aiant tiré un coup de pistolet, elle le renversa de son cheval, & mettant pié à terre, elle lui coupe la tête avec son sabre qui lui pendoit au bras. Nos Gardes qui n'avoient pû la suivre pour arrêter sa vivacité, l'aiant jointe en ce moment, la remirent à cheval. Elle ne perdit point de tems, & aiant fait signe au Chevalier de Roche... de lui aporter l'étendart, elle le prit, après l'avoir renvoié pour dire au Roi de la suivre au centre où le combat étoit vif : & aiant joint Mr. Du Quêne : Courage, dit-elle, en Arabe. Je vous aporte la tête de l'Usurpateur. Ces mots redoublant l'ardeur de mes Troupes, & relâchant le courage de mes ennemis, je les fis charger avec tant de succès, que se voiant prêts à être massacrés, comme je l'avois conclu, ce Corps nombreux mit bas les armes, & l'Aîle gauche qui n'avoit presque point donné, aiant apris la mort du Roi qu'ils soutenoient, imiterent leur exemple.

La déroute de mes ennemis fut entiere & ma victoire fut complete. Mais je ne m'endormis pas sur mes lauriers. Ils furent mêlés de quelques ciprès, lorsque j'eus apris la blessure de la Reine, que je fis pancer en ma présence par le Chirurgien du Vaisseau que je montois. Il calma mes alarmes, en m'assurant que sa blessure ne pouvoit avoir aucune mauvaise suite. Me reposant sur son habileté, je me tournai du côté de mes intérêts. La prudence vouloit que je bâtisse le fer tandis qu'il étoit chaud. C'est ce qui me fit prendre le parti d'assembler mon Conseil, où il fut resolu d'envoier sommer les Magistrats de ma Capitale de me reconnoître pour le legitime Roi, sur peine d'encourir mon indignation, & d'éprouver les suites funestes de leur rebellion. Le Capitaine de Vaisseau dont j'ai parlé, & qui m'avoit fait ouvrir les portes d'Araxer fut choisi pour Député. Je le chargeai à son arrivée d'aler chez la Sultane Berglid pour lui rendre compte de l'Etat de mes afaires, & pour l'exhorter à travailler de concert avec lui à réunir les esprits & les cœurs de mes Sujets en ma faveur.

Cependant je fis marcher mon Armée à Guadalaguer, afin que les Habitans de cette Ville abatus de la mauvaise fortune de leur Roi & consternés de ma victoire, n'eussent pas le tems de se remettre de leur étonnement ; car ils avoient une si grande idée du courage & de l'habileté de mon Concurrent & de la nombreuse Armée qu'il conduisoit contre moi, qu'ils l'avoient crû invincible & capable de décider de son sort & de la guerre à la premere bataille. D'ailleurs ils étoient si fort prévenus, que je n'étois pas le fils du défunt Roi, qu'ils me traitoient d'Usurpateur.

Mais la chose tourna tout autrement, quand mon Envoié & la Sultane Berglid que le Peuple respectoit encore, eurent publié, que bien loin d'être mort, j'étois en personne à la tête de mon Armée forte de plus de trente mile hommes & de plus de vingt gros Vaisseaux de guerre de France, de Malte, de Maroc & de Tripoli. On leur fit sentir que mes Troupes étant braves & aguerries, pouvoient afronter avec avantage toutes celles du Roiaume d'Essenie, quelques superieures qu'elles fussent en nombre, à celles que ces Puissances m'avoient prêtées ; & que si celles qui étoient déja victorieuses, n'étoient pas sufisantes pour me mettre sur le Trône, les mêmes Puissances m'en devoient envoier en plus grand nombre.

Ces circonstances soûtenuës avec beaucoup de fermeté, aiant ébranlé les Magistrats, ils choisirent quatre des principaux Seigneurs qui me connoissoient parfaitement pour venir me faire leur soumission. Après les avoir munis de Lettres de créance ils furent chargés, suposé qu'ils me reconnussent pour legitime Heritier de la Couronne, de m'assurer de la fidélité de tous mes Sujets. Ils exécuterent leur commission au moment qu'ils m'eurent été présentés. M'aiant parfaitement bien reconnu du premier coup d'œil, ils retracterent tout ce qui avoit été resolu contre mes interêts, rejetterent leur resistance & leur rebellion sur le préjugé de ma mort qu'on avoit semée parmi le Peuple ; & je les renvoiai au plûtôt pour desabuser mes Sujets, & les disposer à me recevoir & à m'obéïr comme à leur legitime Souverain.

Je ne jugeai pourtant pas à propos de suspendre ma marche vers Guadalaguer ; je la fis même presser, & m'étant présenté devant cette Ville, je l'envoiai sommer de se soumettre sans délai, si elle vouloit éviter le sac & le pillage. Ses Députés qui y étoient à peine rentrés, lorsque mon Armée parut devant ses Remparts, étonnés de ma diligence, n'avoient pas manqué d'assurer le Corps de Ville, que j'étois réellement le fils du défunt Roi. Ce témoignage joint aux menaces dont je venois d'user, ébranlant ceux qui m'étoient opposés, & ranimant le courage du petit nombre qui me formoit un parti, il fut unanimement conclu que je serois mis sur le Trône, & que la memoire de l'Usurpateur seroit flétrie. Rien ne fut déterminé contre les Chefs qui avoient soulevé le Peuple contre mes interêts. On remit ce grief à ma moderation.

La crainte & les alarmes où cette Ville avoit été jettée aux aproches de mon Armée, & à la vigoureuse resolution que je prenois de me faire reconnoître aux dépens du sang de mes Sujets rebelles, cederent la place à la joie. Les esprits & les cœurs s'étant réunis en ma faveur, n'aspirerent plus qu'à concourir à mon triomphe, & chaque Corps de la Ville se disposa à me recevoir avec autant de joie que de magnificence.

La Sultane Berglid ma chere Tante, qui fut députée de Dames de la Ville pour venir dans mon Camp me feliciter de mon arrivée & de ma victoire, & pour complimenter la Reine sans savoir que l'incomparable Dalo... eut merité de l'être, fut introduite dans mon Pavillon, pendant que j'y dinois avec ma Reine & mes principaux Oficiers. Ma gracieuse Epouse sans prétendre déroger à sa dignité, n'atendit pas qu'elle vint à elle ; mais s'étant levée avec un air de majesté acompagné d'une charmante politesse, lui ala au-devant, & la prenant par la main, après l'avoir embrassée, aprochez, lui dit-elle, Madame, autrefois ma chere Patronne, présentement ma bonne Tante, venez partager avec moi le fruit du crime que j'ai fait en reprenant ma liberté, & celui du bonheur, que j'ai de partager moi-même le lit & le Trône du Roi votre Neveu. Je voudrois pouvoir vous ceder ces avantages. Contente de posseder son cœur, je vous en verrois joüir avec autant de plaisir, que j'espere en joüir moi-même. Que ne puis-je vous ouvrir mon cœur, vous y liriez les sentimens que je vous avance avec la derniere candeur.

Je laisse à penser de quelle surprise ne fut point la Sultane voiant son Esclave qui avoit recouvré la liberté par la fuite, assise sur le Trône de son Neveu [!] Elle en resta saisie quelque instant ; mais revenant bientôt à elle-même, « Dieu soit beni, dit-elle, & notre grand Prophete glorifié de la plus douce consolation que je goûtai de ma vie. Portez long-tems en joie & en prosperité une couronne dont vous êtes digne par tant de titres. Je ne doute pas, aimable Reine, que le Ciel n'ait ataché à vos rares qualités la felicité de l'immense Nation sur laquelle il vous fait regner. C'est le juste préjugé que votre vertu & vos grandes actions ont fondé dans l'esprit des Esseniens, & surtout des Dames qui vous font par ma bouche un sincere hommage de leurs cœurs : & lui présentant en même tems les trois Princesses ses filles auxquelles la Reine avoit donné l'éducation : voilà, dit-elle, vos trois disciples, grande Reine, que je sens avoir mis vos leçons à profit. Elles vous doivent, Madame, l'esprit & le cœur que vous leur avez formé ; agréez l'hommage qu'elles vous font de qualités qu'elles tiennent de vous seule. Je n'y ai point contribué ; & si j'y avois quelque part, je la joindroit [sic] avec gloire au tribut qu'elles vous paient.[»]

La Reine que ce discours toucha, y répondit avec une grace & une modestie qui charma ma petite Cour, mais remplie de gens de bon goût : & embrassant tendrement ses anciennes disciples : Je reçois, leur dit-elle, vos vœux & vos hommages. Ils répondent certainement aux sentimens d'amitié, de tendresse & d'estime que j'ai toûjours eu pour vos aimables personnes. Assurez-vous que je ne négligerai rien de tout ce qui pourra contribuer à votre fortune : & quand même votre naissance ne vous aprocheroit pas de si près de mon Trône, votre merite vous en laisseroit toûjours un libre accès. Elle ajoûta qu'elle les regarderoit comme ses propres filles, & qu'elles disposeroient pour elles & pour les autres des faveurs dont elle pourroit être la maîtresse.

Charmée d'une si gracieuse reception, la Sultane ne put retenir sa joie. Elle m'en donna de marques sensibles en se jettant à mon cou & arosant mon visage des larmes qui naissoient de son cœur, dont j'avois toûjours été le tendre objet. Je mourrai contente, me dit-elle, puisque la mort vous permet de porter votre Couronne ; mais mon contentement est parfait, voiant la Compagne que vous avez assis avec vous sur le Trône. Elle me renouvella toute la tendresse qu'elle avoit eu pour moi dès le berceau ; &

m'entretenant ensuite de l'état de mon Roiaume, elle m'aprit bien de choses, dont je fis un usage avantageux. La Reine la voiant au point de se retirer vint la rejoindre, & ne pouvant, pour ainsi dire, s'en separer, elle voulut à toute force l'acompagner hors de mon Pavillon, plusieurs Eunuques & quelques-unes de ses Esclaves l'atendoient avec sa voiture. Toutes ces filles s'étant prosternées dès que la Reine parut, atirerent nos regards ; & comme elles se relevoient, mon adorable Compagne fit un si grand cri, que j'en fus saisi & que ma suite en fut alarmée. La Sultane Berglid qui étoit déja près de sa voiture en tressaillit, & lui répondit par un plus grand cri encore ; personne ne sachant & ignorant moi-même quel en étoit le sujet, nous nous entre-regardâmes avec beaucoup d'étonnement.

Cette scene quoiqu'assés longue fut entierement muete ; mais enfin ma Reine rompit la premiere le silence ; & levant les yeux au Ciel, Dieux immortels, s'écria-t-elle, voulez-vous donc me dédommager en peu de momens de toutes les peines que j'ai souferts [sic] ! tant de graces que vous me faites tout à la fois m'acablent. Les plaisirs se présentent avec trop de rapidité pour être de longue durée.

Plus étonnés de ce langage que de la stupeur dont elle avoit été d'abord saisie, nous ne savions que penser ; & nous restâmes dans une très-inquietante perplexité, jusqu'à ce qu'aiant enfin jetté les yeux sur moi, hé ! quoi, dit-elle, mon Roi, vous ne voiez donc pas l'objet qui m'a si vivement frapée ? A quoi répondant par mes yeux en les jettant sur les Esclaves de la Sultane Berglid, j'y reconnus notre chere Niéce. La Reine & moi comme agissant de concert, volâmes, pour ainsi dire, à ce tendre objet de notre amour, qui ne nous reconnoissant pas, ne fut pas moins surprise que nous, se voiant l'objet de nos démarches.

Cette aimable fille nous reconnoissant, ressentit une si grande joie dans son cœur, qu'il lui manqua. Mon huile me servit aussi agréablement en cette ocasion qu'en aucune de ma vie. Je lui en frotai la bouche & les narines, & elle reprit ses sens qui ne s'ocuperent que de sa chere Tante & de son petit cœur : c'est ainsi qu'elle m'avoit toûjours tendrement nommé. Elle ne se balança pas à s'aprocher, & oubliant son état, elle vint se jetter entre les bras de la Reine, où elle retomba en foiblesse. Je crus qu'elle y expireroit, & je ne doute pas que si je n'eusse réitéré le remede qui l'avoit rapellé à la vie, elle ne l'eut perduë en ce moment.

Je ne m'arrêterai point à étaler ici tous les sentimens de tendresse dont toute ma suite fut temoin. Le Lecteur les sentira beaucoup mieux en se mettant pour un moment dans la même ocasion, que si je tenois de lui en donner une idée ; mais il est certain que la Sultane Berglid & tous mes Oficiers furent si ravis d'admiration de cette avanture extraordinaire, que s'ils n'en eussent cru à leurs propres sens, elle leur auroit paru romanesque.

Quoiqu'il en soit, la Reine, malgré l'autorité que lui donnoit son rang non seulement sur les Esclaves, mais encore sur leurs Patrons, fit la politesse à la Sultane Berglid de la lui demander. On jugera bien qu'elle ne lui fut point refusée. Mes Oficiers beaucoup plus touchés de la beauté de notre Niéce, quoique cachée en partie sous son voile, que de l'avanture qui avoit ocupé leur esprit, s'en aprocherent avec un respect mêlé de joie pour lui rendre des hommages que leur cœur ne pouvoit lui refuser. La Sultane ne pouvant diferer son départ, vint l'embrasser entre les bras de la Reine. Je suis, lui dit-elle, au comble de ma joie, belle Princesse, de vous voir au rang dont vos aimables qualités vous rendent digne. Votre vertu ne le merite pas moins. Mais quoique vous l'aïez menagée avec une scrupuleuse circonspection, j'ose dire que j'y veillois avec une atention digne de moi & de l'amitié que j'ai toûjours eu pour vous, & qui, fussiez-vous élevée sur le Trône, ne seroit ni plus forte ni plus sincere.

Notre Niéce dont les esprits s'étoient bien remis, ne fut point en reste. Malgré l'excessive joie qu'elle éprouvoit, non seulement de passer de l'esclavage à la liberté, mais encore de se voir en ce même moment auprès d'un Oncle & d'une Tante assis sur le Trône, sans qu'elle eut jamais eu lieu de l'esperer, malgré un si extreme changement, elle eut l'esprit assés présent pour nous dire qu'elle prenoit le Ciel à témoin, que le prodige qui venoit de se faire en sa faveur la touchoit moins, que le plaisir qu'elle goûtoit de voir notre amour satisfait & nos cœurs contens de la réunion qu'il avoit plû au Destin de faire de nos personnes. Vivez heureux & comblez [sic] de gloire, ajoûta-t-elle, grand Roi & vous illustre Reine : & permettez-moi seulement de vous aprocher, pour contempler sans cesse en vos cheres personnes les dignes Favoris du Ciel. Votre felicité rejaillissant sur moi, ne peut que me rendre heureuse, & j'espere mettre le comble à ma felicité, en vous marquant, autant que je respirerai, la tendresse, le respect & la reconnoissance que je vous dois.

Si cette aimable enfant goûta en cette ocasion tout ce qu'on peut éprouver de plus agreable, la tendre consolation que sa présence nous fit sentir, ne poussa pas moins la satisfaction, dont nous avions sujet de nous loüer au plus agréable periode [*sic*]. Et nous proposant d'en joüir à loisir, nous la suspendîmes pour achever d'aplanir & de joncher de fleur [*sic*] le chemin, qui devoit nous conduire au Trône, dont la possession fondée sur le titre de conquête, étoit bien plus flateuse pour nous, que le droit que la nature & les loix nous y donnoient.

Cependant l'Artillerie qui n'avoit pû nous suivre, étant arrivée à l'entrée de la nuit, j'en fis faire trois décharges. Tout le Camp fut illuminé, & les instrumens annoncerent toute la nuit la joie qui étoit répandue dans mon Armée victorieuse. Ce spectacle aiant fait une forte impression dans la Ville, elle se pressa de se soumettre aux conditions qu'il me plairoit lui accorder. Les Magistrats, les Chefs des Troupes & les principaux de la Noblesse me furent annoncés au point du jour : & comme je m'étois atendu à cette démarche, j'avois averti le soir tous les Oficiers de mon Armée de s'équiper de leur mieux pour se trouver aux environs de mon Pavillon, ma Cour y fut des plus nombreuses. La Reine qui s'étoit richement parée, suivie de sa Niéce que les ajustemens rendoient brillante, & des dix Demoiselles proportionnément ajustés que j'avois choisies entre les Esclaves du Bey de Tripoli, y parut avec un éclat eblöuissant. Ces nombreux Députés ne s'atendant à rien moins en furent extrémement étonnés.

Mon sage & zelé Ministre le Chevalier de Rochecour, acompagné des principaux Oficiers des Vaisseaux, furent les recevoir, & les prier de s'arrêter jusqu'à ce que je fusse en état de leur donner audience. Ils n'atendirent pas long-tems ; car en un instant ma Cour fut rangée dans une Prérie entourée de beaux arbres. Je n'avois pas moins de six cens Oficiers à ma suite. Mon Artillerie soutenuë de l'élite des Troupes étoit placée sur les Aîles : & le Baron de Lasc... à la tête de sa Troupe qui faisoit ma garde, s'étoit posté en deux haies sur le chemin, par où les Députés de la Ville devoient arriver.

Ils me furent présentés par mon Ministre qui les avoit préparés au bon acueil que je devois leur faire. Je reçus leurs hommages, la Reine les charma en recevant ceux qu'ils lui rendirent, & aiant accepté leur soumission, je leur dis que voulant faire tout de suite mon entrée dans la

Ville, je souhaitois qu'ils alassent disposer les Habitans ; & qu'à cet éfet j'alois faire défiler mes Troupes pour prendre possession des Portes, des Places & du Palais ; ce qui fut exécuté sur le champ.

A peine la tête de l'Armée parut aux Portes, que ma Flote entra dans le Port. Aiant reçu après ma victoire les ordres de s'y rendre avec le secours d'un nombre sufisant de Matelots que j'avois renvoiés pour faire la manœuvre, elle étoit partie par un vent favorable & arrivée très-à-propos. Le canon de tous les Vaisseaux s'étant fait entendre, atira les Habitans sur le Port. Surpris d'une si grande promptitude, ils jugerent bien que j'étois resolu de les soumettre par la force, s'ils ne rentroient de bonne foi dans leur devoir. Ce qui ne servit pas peu à leur faire faire de bonne grace ce dont ils ne pouvoient se dispenser.

Tout étant arrangé pour ma marche, je fis faire une décharge de toute mon Artillerie pour avertir les Habitans de la Ville, que j'alois y faire mon entrée. La Flote où j'avois renvoié Mr. Du Quêne avec un certain nombre d'Oficiers y répondit par une décharge generale. Les aclamations du Peuple, le bruit des intrumens & du canon de la Place firent retentir l'air dès que je parus. Je reçus à l'entrée de la Ville les complimens des Magistrats, & de la Noblesse auxquels je répondis comme je devois à l'égard des Sujets qui avoient pris les armes contre leur legitime Souverain. Le premier usage que je fis de mon autorité eut les Rebelles pour objet. Je fis publier la grace que je leur acordois : & pour atirer les cœurs à la Reine, quoi qu'elle en fut digne par mile belles qualités, je déclarai qu'on en avoit obligation à son caractère doux & bienfaisant.

A ce langage les aclamations redoublerent ; l'air ne retentit que des vœux que faisoient au Ciel les grands & les petits pour sa conservation, s'écriant par un juste pressentiment, qu'ils ne pouvoient qu'être heureux sous les auspices d'une si grande Reine. J'en ressentis plus de plaisir, que s'ils m'eussent fait toutes les soumissions possibles. Ma joie étoit parfaite de la voir aimée & respectée au premier coup d'œil, & je n'en avois en montant sur le Trône, qu'autant que je me proposois de l'y faire asseoir.

Cependant nous étions impatiens la Reine & moi d'aprendre de la bouche de notre Niéce l'avanture qui l'avoit conduite dans l'esclavage. Nous l'apellâmes à cet éfet dans notre Apartement un jour que nous trouvâmes assés débarrassés pour avoir le tems de l'entendre. Elle nous aprit en peu de mots, qu'arrivant à Aix elle avoit rencontré un de ses

Oncles de qui elle avoit apris la mort de Madame sa Mere, & qui en même tems lui avoit conseillé de le suivre à Malte où il avoit un emploi considérable, qui outre les revenus de sa Commanderie lui en faisoit un de plus de dix mile livres. Informée du dérangement des afaires de ma famille, continua-t-elle, je ne vis point de meilleur parti à prendre. Je le suivis avec ma Gouvernante qu'il voulut bien me permettre de garder. Nous nous embarquâmes à Marseille sur un Vaisseau Marchand qui faisoit voile pour cette Isle ; mais notre Vaisseau aiant été ataqué par un Saletin bien armé, nous fumes pris après plus de deux heures de combat où mon cher Oncle perdit la vie. Ma Gouvernante fut si saisie pendant ce combat qu'elle fut sufoquée. Elle mourut sans qu'on lui put donner aucun secours, car le désordre fut si grand sur notre bord qu'on s'aperçut plûtôt de sa mort que de l'accident qui l'avoit causée.

Elle ajoûta qu'aiant été transportée de Salé en Essenie, elle avoit été présentée par son Patron à la Sultane Berglid, à qui aiant eu le bonheur de plaire, elle avoit été en singuliere recommandation ; & qu'elle avoit tant de bonté pour elle, que son esclavage lui paroissoit plus doux que l'état du monde le plus libre. Me voici, reprit-elle, entre les bras de vos Majestés. C'est à vous, à qui j'apartiens à juste titre, que le Ciel me rend ; disposez de mon sort & de ma vie même, en cas que la sincere resolution où je suis de l'emploier à reconnoître vos bontés, ne soit pas de votre goût.

Tant de candeur nous charma. Nous embrassâmes tendrement une si tendre Niéce, & nous lui laissâmes la liberté dont elle venoit de nous faire le sacrifice. Nous lui destinâmes un apartement dans le Palais avec une suite convenable & digne de son nouveau rang ; & je commençai dès-lors à m'ocuper serieusement aux afaires de mon Etat, qui avoit un pressant besoin de toute mon atention.

La Religion que je professe me donna plus de peine à établir, que toutes les loix que je voulus faire : quelques nouvelles & contraires qu'elles fussent aux anciennes, on s'y soumit neanmoins sans resistance. On sentoit bien que j'étois resolu de me faire obéïr, & qu'aiant les forces en main, je ne manquerois pas de m'en servir contre les Mutins. Mais il n'en fut pas ainsi de la nouvelle Religion que je voulus introduire dans mes Etats. Ce n'est pas que je prétendisse y contraindre mes Sujets. Cette injuste & cruelle tiranie n'étoit & ne sera jamais de mon goût. J'y pensai si serieusement quand je me fis instruire, que de peur de sucer l'esprit de persecution avec les principes de la Religion, je choisis mon Catechiste dans un corps qui passoit, & qui étoit en éfet persecuté sans jamais avoir été persecuteur. Aussi quoique j'aie choisi en partant de France les Peres de la Redemption ainsi que ceux de l'Oratoire, j'ai crû devoir borner les premiers à chanter publiquement les loüanges de Dieu & à celebrer les misteres, sans leur permettre la Prédication ni la Confession. Je confiai ces ministeres aux derniers seulement, parce que j'étois convaincu qu'ils inspireroient l'union, la paix & la charité aux Proselites qu'ils feroient, & qu'ils leur donneroient de l'horreur pour l'esprit de revolte contre les loix, aussi-bien que de tiranie contre leurs freres, du nombre desquels ils n'exclueroient pas les Musulmans. Mon atente n'a pas été vaine, & je me loüe encore de leur zele, de leur moderation, & sur-tout de leur desinteressement, que je savois bien être la pierre d'achoppement de ceux que j'avois connus, & dont j'avois oüi parler en Europe. C'est par là que s'est conservée la paix dans les familles, que s'est agrandi le commerce, & que les loix du Païs se sont maintenues, aussi-bien que celles qui sont émanées de mon Trône. Ma prévoiance doit faire sentir que je sais regner, dès que je mets à profit les fautes de ceux qui ont regné sur moi, & même de mes contemporains.

Quoi qu'il en soit, j'eus en cette ocasion besoin de toute ma prudence, de ma fermeté, & surtout des conseils de la Reine, qui par une heureuse simpatie, se trouvoient toûjours conformes aux miens. Elle ne m'en a jamais donné que de bons, & qu'après avoir pesé le pour & le contre. Son avis me détermina à assembler les Ministres de la Loi Musulmane à qui j'étalai le droit naturel dans toute son étenduë. Les aiant fait ressouvenir qu'on ne pouvoit le violer sans être justement taxé du plus grand crime, je conclus qu'il étoit permis de penser diferemment, & qu'il n'apartenoit qu'à Dieu de nous inspirer ou par lui-même, ou par sa parole écrite, ou par ceux d'entre les hommes qu'il a choisis pour nous toucher & nous convertir. J'ai pensé comme vous, ajoûtai-je jusqu'à ce que j'aie eu des ocasions, où l'erreur & la verité m'ont été renduës sensibles. Il est donc naturel que je laisse à mes Sujets & à vous-mêmes la liberté de penser & d'adopter entre vos idées toutes celles qui ne nuisent ni au bien public, ni aux loix de la Nation. La Religion que je professe aujourd'hui, & que j'espere être bientôt adoptée dans ma Cour, aprouve tous ces principes.

Celui qui en est le Chef ne l'a prêchée qu'à ceux qui ont voulu l'entendre ; il n'a pas permis à ses Apôtres de l'établir par le fer & par le feu ; & les Ministres que j'ai emmenés, suivront exactement cet exemple. J'ai à vous exhorter à ne pas vous en écarter vous-même [*sic*] sous peine d'encourir mon indignation ; car j'userai de mon autorité, de mes forces & de celles de mes Aliés, pour vous contenir dans l'obéissance que vous me devez. Cultivez votre Religion, j'y consens, mais je veux que ceux qui voudront l'abandonner, le fassent sans encourir ni déshonneur ni disgrace. Je veux que pour me donner des preuves de votre obéissance, vous me fassiez tout présentement à la face de toute ma Cour, serment de fidelité & surtout de soumission quant au sujet dont il est question.

Un Dervis qui passoit pour très-savant dans la Loi Musulmane, fut assés insolent pour me dire que je devois me borner à l'autorité que me donnoit ma Couronne, & ne pas empieter sur celle des Ministres de la Loi. Le Tout Puissant clement & misericordieux, & son grand Prophete l'excelent Mahomet, ajoûta-il [*sic*], ne vous ont pas rendu le Trône pour en abuser en exerçant la tiranie contre les vrais croians, pour établir les Infideles mécréans sur leurs ruines. Le silence que je lui imposai, ne lui permit pas d'en dire davantage ; mais j'ordonnai en même tems qu'il fut renfermé dans la Tour de la grande Mosquée jusqu'à nouvel ordre, & la Reine adressant la parole au Muphti, lui fit si bien comprendre ma droiture, que charmé de ses manieres & de son éloquence, il aprouva mon procedé. Je vais, dit-il, en ce moment parler à ce faux zelé Dervis, pour l'engager à prendre le parti de la raison, en se soumettant à la juste volonté du Roi. Et il sortit acompagné de tous les Gens de Loi auxquels il annonça une Assemblée generale qui fut fixée au lendemain.

Tout s'y passa fort tranquilement, parce que le Muphti étoit en grand crédit dans l'esprit de tous les Ministres dont il étoit le chef. La liberté de conscience y fut approuvée, & il m'en vint lui-même porter la nouvelle. C'étoit un homme d'esprit que le préjugé n'aveugloit pas assés pour ne pas ceder à la raison. L'utilité que j'en pouvois retirer, m'excita à le ménager & à le mettre dans mes interêts. Je n'eus pas de peine à y réussir. La maniere dont je m'y pris, étoit très capable de le gagner. Il avoit des parens qui n'étoient pas des plus à leur aise. Je commençai par leur donner des emplois qui les mirent un peu au large ; & je leur en fis esperer de plus considerables. Cette voie me réussit parfaitement, il se dévoüa sincerement à mon service, & il a très-bien soutenu jusqu'à la mort le caractere d'ami & de bon serviteur.

Je ne perdis point de tems à faire bâtir une Eglise avec deux Maisons separées qui y avoient communication, sans en avoir entre elles : & après les avoir meublées au goût des Eclesiastiques que j'avois à ma suite, je les en mis en possession. Ils furent ensuite apellés au Conseil, où entre les Reglemens qui y furent faits, il leur fut défendu de recevoir aucun Sujet dans leur Societé que de mon consentement qu'on me pria de n'acorder, qu'à mesure que la Religion feroit des progrès, & qu'à proportion du nombre de ceux qui l'embrasseroient. Ce fut pour de grandes raisons, sensibles aux politiques, que je ne jugeai pas à propos de multiplier les êtres sans necessité.

Le Pape Innocent XI. à qui je fis part de cet établissement, y donna son aprobation. Il m'honora même du titre de Restaurateur de la Foi. Mon grand Aumônier qu'il declara Missionnaire Apostolique en chef dans toute l'Afrique, en reçût tous les pouvoirs atachés à l'Episcopat.

Je n'entrerai point dans un détail qui pourroit n'être pas du goût des Lecteurs, des moiens que je pris avec la Reine & mon Conseil, de gouverner paisiblement mes Peuples. Content de leur aprendre que j'ai joüi jusqu'à ce jour d'une heureuse & profonde paix, je me borne à leur insinuer qu'il ne fut jamais de Roi plus heureux que moi, & que mon Epouse toûjours également tendre & de jour en jour plus aimable, contribuë le plus à ma felicité.

TABLE DES MATIERES

Textes littéraires
Titres déjà parus